오늘밤은
사라지지
　　말아요

오늘 밤은 사라지지 말아요

백수린 짧은 소설

주정아 그림

마음산책

백수린

2011년 경향신문 신춘문예에 당선되면서 작품 활동을 시작했다.
소설집 『폴링 인 폴』 『참담한 빛』 『여름의 빌라』와 중편소설 『친애하고, 친애하는』, 산
문집 『다정한 매일매일』 『아주 오랜만에 행복하다는 느낌』이 있고, 옮긴 책으로 『문맹』
『까치밥나무 열매가 익을 때』 『여름비』 『여자아이 기억』이 있다. 한국일보문학상, 현대
문학상, 이해조소설문학상, 문지문학상, 문학동네 젊은작가상을 받았다.

오늘 밤은
사라지지
　　말아요

1판 1쇄 발행 2019년 11월 15일
1판 3쇄 발행 2023년 3월 25일

지은이 | 백수린
그린이 | 주정아
펴낸이 | 정은숙
펴낸곳 | 마음산책

편집 | 성혜현 · 박선우 · 김수경 · 나한비 · 이동근
디자인 | 최정윤 · 오세라 · 차민지
마케팅 | 권혁준 · 권지원 · 김은비
경영지원 | 박지혜

등록 | 2000년 7월 28일(제2000-000237호)
주소 | (우 04043) 서울시 마포구 잔다리로3안길 20
전화 | 대표 362-1452 편집 362-1451 팩스 | 362-1455
홈페이지 | www.maumsan.com
블로그 | blog.naver.com/maumsanchaek
트위터 | twitter.com/maumsanchaek
페이스북 | facebook.com/maumsan
인스타그램 | instagram.com/maumsanchaek
전자우편 | maum@maumsan.com

ISBN 978-89-6090-595-5 03810

★ 책값은 뒤표지에 있습니다.

누구나 과거를 뒤로하고 다가올 미래를 기대하는 밤.

실패보다는 희망을 말하는 밤.

누군가에게는 과오를 덮어줄 축복처럼,

위로처럼 눈송이가 내리는 밤.

작가의 말

　며칠째 사람들에게 "다음 달에 새 책이 나올 거예요"라고 말을 하고 다녔는데 생각해보니 책이 출간되는 것이 '다음 달'이 아니라 '이달'이라는 걸 깨닫고 깜짝 놀랐다. 어릴 적부터 뭐든 잘 잃어버리곤 했던 내게는 필기구나 머리끈 같은 일상적인 사물들뿐 아니라 지갑이나 계약서처럼 제법 중요한 것들을 잃어버리는 일마저도 허다하지만 곰곰이 생각해보면 요즘 내가 가장 많이 잃어버리는 것은 시간인 듯하다.

　정신없이 앞으로 걸어가다가 문득 멈춰 돌아볼 때야 비로소 깨닫게 되는 상실의 세목들. 겁 없이 손가락 걸며 주고받던 순정한 약속과 내일에 대한 무구한 믿음, 비눗방울처럼 허황하고 아름다웠던 꿈과 작은 기척에도 쉽게 수줍었던 날들은 이제 다 어디에 가 있을까.

이 책에 실린 짧은 소설의 주인공들은 모두 평범한 사람들이다. 마음을 들여다볼 겨를이 없어 자신이 무언가를 상실하고 있는지조차 알아채지 못한 채 살아가는 일상의 사람들. 어쩌면 내가 하고 싶었던 것은 그들을 대신해 마음의 풍경을 그리는 일이었는지도 모르겠다. 오늘 밤이 지나면 사라져버릴지라도 지금은 분명히 존재하는 어떤 기미와 흔적을 언어로 붙잡아두는 일. 굳은살처럼 딱딱해진 마음의 외피 아래서 벌어지는 사세하지만 결정적인 순간들을 기록하는 일.

나는 오랫동안 나의 소설 작업이 언어로 그림을 그리는 일과 닮았다고 생각하곤 했다. 내가 언어로 그린 그림이 진짜 그림으로 재탄생하는 것을 보는 것은 생각보다 더 근사한 일이었다. 나의 이야기들에 아름다운 그림을 그려주신 주정아 작가님과 짧은 소설들을 한 권의 책으로 묶어주신 마음산책에 고마움을 전한다. 게으른 작가를 끊임없이 독려해준 마음산책이 아니었다면, 이 책은 올해가 가기 전에 결코 나오지 않았을 것이다. 그리고 언제나 내게 힘을 주는 친구들과 가족, 무엇보다 이 책을 읽어주는 독자들에게도. 사소한 일에 절망하고 쉽게 낙담하는 내가 소설을 계속 써나갈 수 있는 것은 당신들이 언제나 내게 보내주는 환한 빛 때문임을 나는 알고 있다.

2019년 늦가을의 어느 새벽,

백수린

차 례

선창 같은 조그만 창문으로
스치듯 들이치는 한 줌의 빛이 있어
그들은 가까스로 서로의 표정을 읽을 수 있었다.

어느 멋진 날

한낮의 해변에는 사람이 많지 않았다. 그녀는 파라솔 아래 자리를 잡고 가방에서 선크림을 꺼냈다. 당장이라도 바다에 뛰어들 것처럼 신난 아이들을 붙들어다가 그녀는 선크림을 바르기 시작했다. 어깨에 걸쳐진 수영복 끈까지 들어 올리며 그녀는 아이들의 몸 구석구석에 선크림을 발랐다. 현지인같이 그을린 아이들의 피부는 갓 구운 빵처럼 향기롭고 따뜻했다. 아이들은 서로 장난을 치는 데만 정신이 팔려 그녀에게 협조적이지 않았다. 연년생인 두 딸은 서로 사이좋은 친구였다. "No way." 큰아이가 무슨 말을 했는지 작은아이가 커다랗게 소리 지르더니 킥킥대며 웃었다. 아이들이 언제부터 저희들끼리 말할 때 영어를 썼는지 그녀는 정확히 기억하지 못했다. 영어를 한마디도

하지 못하던 아이들은 이제 그녀보다 훨씬 더 유창해졌다. 아이들은 악의 없이 그녀의 발음을 지적하거나 어색한 표현을 고쳤다. 아이들은 그녀가 다 발랐다고 말하자마자 저만치 뛰어갔다. 아이들의 모든 것이 그녀의 품 안에 들어오던 시절도 있었다. "너무 멀리는 가지 마." 그녀가 아이들의 뒤통수에 대고 소리를 질렀다.

그녀가 남자의 존재를 의식한 것은 아이들이 쌓는 모래성이 어느 정도 형태를 갖출 무렵이었다. 아이들처럼 수영복이 아니라 맥시 드레스를 입고 있었지만 조금이라도 햇볕에 그을리는 것이 두려운 사람처럼 그녀는 발과 목, 팔같이 드러나는 부분에 꼼꼼히 선크림을 바르고 파라솔 아래 벤치에 누워 책을 보고 있었다. 한때 대학에서 제인 오스틴으로 논문을 쓰기도 했던 그녀는 이제 간단하고 영양가 있는 음식을 소개하는 요리서나 아이 양육에 대한 조언을 담은 서적을 뒤적이며 시간을 보냈다. 남편의 업무 때문에 낯선 나라로 온 지 벌써 여러 해가 지났지만 고국의 입맛에서 벗어나지 못한 남편과 새로 온 나라의 입맛에 길들여진 아이들을 동시에 만족시키는 레시피를 찾는 것은 정말 어려운 일이었다. 그날 역시 꽃게로 만드는 튀김 요리법을 훑어보던 그녀는 누군가의 시선이 느껴져 고개를 들었다. 시선의 주인은 언제부터 거기 있었는지 모르겠는, 옆 파라솔의 남자였다. 남자의 시선이 닿아 있는 곳에는 맥시 드레스 자락 아래로 드러난 그녀의 발과 발목이 있었다. 파라솔이 드리운 그늘 밖으로 노출된 그녀의 발등은 하얗게 빛났다. 그녀는 슬그머니 타올 자락을 내려 발등을 덮었다. 남자에게 불쾌감을 주고 싶지는 않았지만 낯선 이에게 맨발을 보여주다니 어쩐지 부끄러운 생각이 든 탓이었다.

그녀는 다시 책에 집중하려고 했다. 껍데기가 단단한 꽃게를 아이들은 좋아하지. 하지만 몇 페이지를 더 읽다가 고개를 들었을 때 그녀는 남자가 어느 틈인지 타올 밖으로 다시 삐져나온 자신의 발을 쳐다보고 있다는 것을 알아채고 당황했다. 저 사람은 대체 왜 내 발을 보는 걸까? 발 모양이 예쁘다는 말을 신발 가게에서 종종 듣기는 했지만 그렇다고 특별할 것은 없는 발이었다. 남자가 어떤 사람인지 궁금해진 그녀는 그를 훔쳐보

려고 살짝 고개를 들었다. 그녀를 바라보고 있었던 것인지 남자와 눈이 마주쳤다. 남자는 그녀를 보고 싱긋 웃었다.

"실례했습니다. 발이 너무 아름다워서요."

남자는 틀림없이 그렇게 말했다.

"아, 아니에요."

그녀는 그렇게 말하고 신경 쓰지 않은 듯 웃어 보이며 책 쪽으로 시선을 다시 돌렸다. 꽃게의 물기를 제거한 후 흰자에 전분 섞은 튀김옷을 입혀준다. "아름다워서요." 그녀는 남자의 말을 곱씹었다. 나의 발이 아름답던가. 그녀는 남자가 눈치채지 못하게 자기 발을 한번 훔쳐보고 싶은 욕구를 느꼈다. 매일 양말을 신고, 크림을 바르면서 봤을 텐데 그녀는 자신의 발이 어떻게 생겼는지 정확하게 기억나지 않았다. 발에 유난히 집착하는 사람인 걸까? 영화나 소설을 보면 그런 남자들이 종종 등장했다. 그런 남자들은 발을 숭배하듯 사랑했다. 그런 남자가 실제로 존재하는 걸까? 그녀에게는 남편이 첫 남자였고, 정상 체위만을 고집하는 그에게는 괴상한 취향이 없었다. 광적으로 무엇인가에 집착하고 욕망하는 사람이라니. 그녀는 영화나 드라마에서 그런 인물들을 볼 때마다 알 수 없는 두려움을 느꼈다. 하지만 그의 옆에 비스듬히 누워 있는 남자는 지극히 멀쩡해 보였다.

"어느 나라에서 왔나요?"

다시 눈이 마주치자 남자가 그녀에게 물었다. 그녀의 답을 들은 남자는 "한 번도 가보지는 않았지만 매력적인 나라라고 들었어요"라고 말했다. 그것은 그녀의 나라에 대해 잘 모르는 이들이 인사치레로 건넬 법한 말이었다. 그녀는 머리를 끄덕이고 다시 책 쪽으로 고개를 돌렸다. 하지만 글자는 눈에 들어오지 않았다. "아름다워서요." 그는 분명히 그렇게 말했다. 얼핏 본 그는 그리 잘생긴 편이 아니었다. 광대뼈가 컸고 입술이 두꺼웠다. 하지만 그는 호감이 가는 얼굴이었고, 미소가 다정했다. 뜨겁게 달구어진 기름에 튀김옷 입힌 게를 집어넣는다. 글자들 위로 그녀의 머리카락이 만드는 그림자가 어른거렸다. 고개를 들자 눈앞에 거대한 바다가 펼쳐져 있었다. 구름 한 점 없는 텅 빈 하늘을 향해 솟은 야자수들이 사파이어 빛깔의 용광로를 등지고 바람에 흔들렸다. 그것은 틀림없이 그녀가 아이들을 데리고 올 때마다 항상 바라보던 풍경이었다.

"아" 그녀는 나지막이 탄식했다. 아름답다니. 그녀는 자신이 누군가에게 여전히 아름답게 보일 수도 있다는 사실에 놀랐다. 영화나 소설 같은 데서 본 것처럼 그녀의 발 앞에 남자가 무릎 꿇고 입을 맞추는 장면이 머릿속에 떠올랐다. 소중한 듯 두 손으로 붙잡고 정성껏 입을 맞추겠지. 그녀는 타올을 살짝 위로 끌어당겼다.

"여기엔 어떻게 왔어요?"

다시 한 번 눈이 마주쳤을 때, 그녀는 남자에게 질문을 던졌다. 낯선 남자에게 먼저 말을 거는 것은 결혼한 이후 처음이었다. 남자는 휴가를 즐기러 여기에 와 있으며 대학에서 극작을 가르친다고 했다.

"나는 제인 오스틴으로 논문을 썼어요."

그녀가 반가운 듯 몸을 조금 일으켰다. 남자와 그녀는 19세기 영국 문학에 대해서 짧게 대화를 나눴다. 그리고 그들은 일어났고, 바닷가를 잠시 거닐었다. 아이들은 여전히 모래성을 쌓고 있었고 모래성의 성벽 위로 아직 지붕 없는 탑이 세워졌다. 파도가 저 멀리서 높이 끓어올랐다가 다시 부서져 내렸고, 샌들 안으로 자꾸만 모래가 파고들어 그녀는 할 수 없이 신을 벗어 손에 들었다. 맨발바닥에 뜨겁게 달구어진 모래알이 느껴졌다. 그뿐이었다. 이윽고 아이들이 성을 완성했다며 그녀에게 달려왔다.

"정말 근사한 성이구나!"

그것은 실로 근사한 성이었다. 높은 탑과 두터운 성벽을 지닌 성. 아이들은 먹이를 조르는 아기 새들처럼 칭찬을 구했고 그녀는 박수를 쳤다. 그리고 아이들 몸에 묻은 모래를 털고 집으로 돌아왔다.

아이들은 그날에 대해 오랫동안 종종 이야기했다. "그날 아빠는 왜 우리 옆에 없었지?" 하고 묻기도 하고, 아이들이 만들었던 커다란 모래성에 대해서도 그들이 집에 오는 길에 사 먹었던 초코칩이 들어간 아이스크림에 대해서도 말했다. "It was a fine day." 아이 중 누군가가 그렇게 말하기도 했다. "그래, 참 멋진 날이었지." 그녀 역시 그렇게 맞장구를 쳤다. 그것은 정말 멋진 날이었다. 하지만 그날이 다른 날들과 어떻게 다른지 스스로조차 설명하지 못했으므로 그녀는 그 이상 누구에게도 말하지 않았다. 다만 그녀는 로션을 바르거나 발톱을 깎으려고 양말을 벗어 볕에 그을린 발을 내다볼 때마다 소금기 먹은 바람으로 인해 끈적해진 입술과 발바닥을 달구던 뜨거운 모래 그리고 압도하는 하늘과 바다로만 이루어진 풍경을 떠올렸다. 시간이 한참 더 흘러 그날에 대해서 더 이상 생각하지 않게 될 때까지.

우리, 키스할까?

그가 오후에 집을 나선 이유는 슈퍼에 가기 위해서였다. 그는 트레이닝복 위에 점퍼만 걸친 채 비탈을 내려갔다. 지난밤 당직이었던 터라 평일인데도 게으름 부릴 여유가 있었던 것이다. 슈퍼에 가려면 비탈 아래의 근린공원을 지나쳐야 했다. 근린공원의 나무들은 저마다 붉고 노랗게 물들어 있었다. 어느새 한 해도 다 갔어. 그는 고개를 저었다. 언제부터 이렇게 된 걸까? 하루가 끝이 보이지 않아 지루했던 적도 분명 있었다. 이러다 올 연말은 혼자 보내는 게 아닐까? 며칠 전 애인과 별것도 아닌 일로 다툰 이래 그는 그녀의 연락을 모두 무시하고 있었다. 권태기인가? 그러고 보면 그는 언젠가부터 그녀가 국 먹을 때마다 소리를 내는 것도, 지문 묻은 안경을 닦지 않고 계속 끼는 것도, 지갑 속에 영수증을 정리하지 않고 내버려두는 것도 다 싫어졌다. 하늘은 깨질 것처럼 맑았고 바람은 선선했다. 오전에는 인근 어린이집 아이들이 왁자지껄한 소란을 일으키곤 했지만 평일 오후의 근린공원은 그저 적요했다. 공원은 크지 않았고, 운동기구 몇 개와 미끄럼틀, 벤치 그리고 입구 쪽에 커다란 정자가 하나 놓여 있을 뿐이었다. 간혹 바람이 불면 붉고 노란 잎이 우수수 떨어졌다. 평온한 오후였다.

"여기 봐봐, 어때?"

남자아이가 여자아이의 손을 끌며 근린공원 안으로 들어섰다.

"와, 굉장하다!"

여자아이가 탄성을 지르듯 말했다. 여자아이는 이토록 눈부신 빛과 고요 그리고 색의 물결로 이루어진 풍경을 마주한 적이 없었다. 여자아이는 이사 온 지 몇 달 되지 않았기에 동네에 대해 아는 것이 얼마 없었다. 여자아이가 이사를 온 것은 유일한 가족인 아버지가 이직을 했기 때문이었다. 예전 동네에서도 새 동네에서도 아버지는 새벽 일찍 출근했고 밤늦게야 집으로 돌아왔다. 텅 빈 집에 혼자 있는 것이 무서워서 여자아이는 중학교 때부터 친구들과 밤늦도록 놀러 다니기 시작했다. 전학 간 고등학교에서도 여자아이는 늦게까지 놀아줄 수 있는 친구들을 사귀었고 여름방학 내내 그들과 함께 하천 둑길에서 소주를 마시거나 인근 고등학교의 남학생들과 코인 노래방에 갔다. 여자아이가 남자아이를 만난 것은 그런 여름날들 가운데 하루였다. 동갑인 남자아이는 이마가 여드름투성이었지만 웃을 때면 덧니가 보였는데 여자아이는 덧니라든지, 남자아이가 그녀를 만나러 올 때마다 숨이 턱까지 차도록 뛰어오는 모습이라든지, 그녀가 팔짱을 낄 때 귀가 빨개진다든지 하는 그런 것들이 귀엽다고 생각했다.

여자아이와 남자아이는 이제 연인이 된 지 두 달 정도 되어갔다. 둘은 매일 메시지를 주고받았고 학교가 끝나면 붙어 다녔고 늦은 밤 헤어질 때면 여자아이 집 앞의 전신주 아래서 가볍게 뽀뽀를 했다. 그럴 때면 여자아이는 가슴이 터질 것 같았고, 얼굴이 뜨거워졌고, 컴컴하고 냉기 도는 집 안에 혼자 들어가는 것이 더 이상 무섭지 않았다.

"이 음악 어때?"

정자에 자리 잡은 여자아이가 휴대전화에 저장된 음악을 골라 틀었다. 남자아이도 신발을 벗고 정자 위로 올라가 여자아이의 등을 뒤에서 끌어안으며 고개를 끄덕였다.

"아주 좋아."

여자아이가 남자아이를 좋아하는 것만큼이나 남자아이도 여자아이를 좋아했고, 남자아이는 오늘만큼은 반드시 키스를 하고 말겠다고 속으로 생각하고 있었다. 남자아이는 수없이 많은 밤 동안 여자아이의 혀와 자신의 혀가 엉키고 치아가 맞부딪칠 때의 감각이 어떨지를 상상했지만 지금껏 실행에 옮기지 못했다. 시도를 하려고 할 때마다 어떤 일이, 갑자기 비가 쏟아진다든지 고양이가 골목에서 튀어나온다든지 하는 크고 작은 일들이 훼방을 놓았기 때문이었다.

그가 공원의 적요를 깨는 음악 소리를 들은 것은 슈퍼에 갔다가 집으로 돌아가려고 다시 근린공원에 접어들었을 때였다. 고즈넉한 가을 풍경과 어울리지 않는 빠르고 경쾌한 멜로디에 그는 소리가 나는 쪽으로 고개를 돌렸다. 기껏해야 고등학교 1, 2학년처럼 보이는 사복 차림 아이들이 정자 끄트머리에 걸터앉은 채 휴대전화에서 흘러나오는 음악에 맞춰 고개를 까딱거리고 있었다. 남자아이의 품에 안긴 여자아이는 공책에 무언가를 끼적이다가 남자아이의 말에 깔깔대며 웃었다. 어린애들이. 그는 못마땅해하며 공원을 가로질렀다. 여자아이를 반복적으로 웃게 만든 남자아이의 말이 무엇이었는지 그가 알게 된 것은 정자 앞을 지날 때였다.

"우리, 키스할까?"

남자아이가 여자아이에게 졸랐고 여자아이는 그때마다 몸을 약간 빼면서 "싫어"라고 말하고는 웃음을 터뜨렸다. 그는 여자아이의 웃음소리와 여자아이가 움직일 때마다 위로 조금씩 올라가는 치마 탓에 훤히 드러나는 맨허벅지를 보며 불안한 기분을 느꼈다. 그는 그들의 대화에 귀를 기울이며 천천히 걷기 시작했다. 지금이라도 애들한테 집에나 가라고 말할까? 여자아이가 싫다면 진짜 싫은 거니까 좀 내버려두라고 말해야 할까? 아직 무슨 일이 일어난 것도 아닌데, 웬 참견이냐고 말하

면 어쩌지? 하지만 그는 모르는 척 지나갈 수만은 없어서 정자 근처의 운동기구에 비닐봉지를 걸어놓고 스트레칭을 하는 척하며 아이들을 훔쳐보았다.

"키스 한 번만 하자."

그의 존재 따위엔 아랑곳 않고 남자아이가 또 졸랐다. 여자아이가 고개를 저었다.

"왜, 왜? 네가 예뻐서 그래."

여자아이가 고개를 돌리자 남자아이가 여자아이의 두 볼을 감싸면서 말했다. 통통한 두 볼을 잡힌 여자아이가 잠시 가만히 있더니, "있지, 사실은 나, 키스를 한 번도 안 해봤어" 수줍은 목소리로 비밀을 털어놓듯 말했다.

"한 번도 안 해봤어?"

남자아이가 놀란 듯 물었다. 여자아이가 고개를 끄덕였다.

"그래서 무서워. 나중에 하면 안 돼?"

그는 남자아이가 어떻게 반응할지가 궁금해 딴청 피우는 척하면서 대화를 가만히 엿들었다. 남자아이는 잠시 고민하는 것 같더니 말했다.

"아, 안 해봐서 무서웠구나."

그리고 여자아이를 꼭 끌어안았다.

"무서운 건 아니지만 알았어. 그럼 나중에, 너 안 무서울 때."

"그러니까 그 애들 때문에 그날 나한테 전화를 했다는 거야?"

시간이 흐른 뒤 언젠가, 애인에게 이 이야기를 들려주면 그녀는 그렇게 물을 것이다. 한낮의 햇살이 커튼 틈새로 들어오는 오피스텔의 작은 방에 벌거벗고 누워 그들이 실온에 내놓은 아이스크림처럼 달콤하게 녹아내리고 있을 때.

그것은 대체 무엇이었을까? 갑자기 그녀에게 전화를 걸고 픈 충동을 불러왔던 그것은. 그것이 무엇인지는 영원히 알 수는 없을 테지만, 그날 그는 그녀에게 전화를 걸었다. 헤어지자고 말하는 대신 그가 얼마나 그녀를 사랑하는지 말하기 위해서. 그녀의 작고 반짝이는 눈과 낮은 목소리, 웃을 때면 콧잔등에 자리 잡는 세 개의 주름을 사랑한다고 말하기 위해서. 그리고 그는 그녀가 불운한 일들로 점철되었던 그의 인생에 찾아온 가장 커다란 행운이라고도 말했다. 그 모든 말들에 진실이 얼마나 깃들었는지는 알 수 없었고, 알 수 있는 거라고는 시간이 흐르면 또다시 그녀의 잔소리와 약속 시간에 매번 십 분씩 늦는 버릇, 사소한 걸로 토라지면 입을 꾹 다물어버리는 태도 때문에 화가 날 거라는 사실뿐이었지만 그 순간만큼은 아무것도 상관이 없었다.

"갑자기 뭐야?"

수화기 너머에서 그녀가 웃음기 어린 목소리로 물었다.

"그냥."

그는 운동기구에 기대어, 서로 끌어안은 채 사랑스럽다는 듯 손을 깍지 끼고 리듬에 맞춰 다시 고개를 까닥거리는 남자아이와 여자아이를 보며 대답했다. 어디선가 불어오는 바람에 알록달록한 잎들이 봄날의 꽃잎처럼 흩날렸다. 꽃향기를 머금은 봄의 대기처럼 어느 가을 오후의 한때가 터질 듯 부풀어 올랐다.

완벽한 휴가

"공항에 갈까?"

진우의 제안을 처음 들었을 때, 주희는 바보 같다고 생각했다. 기록적인 폭염이 연일 이어지던 7월의 어느 날. 전기세 걱정에 에어컨을 잘 때만 켜기로 진우와 약속했기 때문에 집 안은 찜통이나 다름없었다.

"공항에?"

한 시간 전에 샤워를 했는데도 이미 땀으로 젖어 등에 들러붙은 티셔츠를 느끼며 주희가 되물었다. 주희에게 공항은 버스터미널이나 기차역처럼 어딘가로 가거나 어딘가에서 돌아오는 사람들이 잠시 지나는 장소에 불과했고, 그들은 이번 여름에 어느 곳으로도 떠날 계획이 없었다. 공항철도를 타면 이십 분도 되지 않아 공항에 도착할 수 있는 동네로 이사를 왔을 때, 사람들은 여행 다니기 정말 편하겠다고 주희에게 말을 했다. 하지만 그녀는 지난 이 년 동안 공항에 발을 디뎌본 적이 없었다. 전세대출금을 다 갚기까지 여행을 자제하는 것이 좋지 않겠느냐고 먼저 물어온 것은 진우였다. 진우는 혹시 주희가 서운해하지 않을까 걱정하는 눈치였지만 사실 주희는 아무렇지도 않았고, 오히려 그것이 현명한 판단이라고 생각했다. 대학을 졸업한 이후 친한 친구들끼리 의기투합해 오키나와에 간 적도 있고, 진우와도 처음 연애하던 해에 같이 제주도에 가긴 했지만 주희는 기본적으로 여행을 좋아하지 않는 사람이었다. 숙소와 교통편을 알아보거나 방문해야 할 장소들을 가이드북에서 찾아보는 일은 물론이고 짐을 싸고 푸는 일, 고작 사진 한 장을 남기겠다고 무거운 가방을 끌고 계단을 오르내리거나 포장이 되지 않은 도로를 걷는 일 모두가 주희에게는 무의미한 고통의 시간이었다. 바야흐로 여행의 횟수가 삶의 질을 가름하는 척도인 시대가 도래하기라도 한 것처럼 친구들은 너도나도 연차를 긁어모아 어딘가로 떠났고 SNS에 사진을 올렸으며 외국 브랜드의 립밤이라든가 소형 용기에 포장된 올리브유, 독특한 향이 나는 과자 등을 선물로 사서 돌아왔다. 그녀는 친구들이나 직장 동료들이 건네는 크고 작은 선물들을 고맙게 받았고, 그들이 올리는 SNS의 사진 아래 '좋아요'를 눌렀지만 그녀에게 주어지는 며칠 안 되는 휴가를 길에다 버리기보다는 늦잠을 자거나 업무에 쫓겨 그동안 보지 못했던 영화들을 다운받아 보고 야근 때문에 편의점 도시락이나 김밥으로 저녁 식사를 때우기 일쑤였던 스스로를 위해 공들여 요리를 하고 싶은 마음이 더 컸다. 진우와 날짜를 맞춘 이번 휴가 기간에도 어디로든 떠날 계획을 세우지 않은 진짜 이유는 바로 그것이었다. 비록 그들의 휴가를 폭염이 망쳐버릴 줄은 미처 몰랐지만. 그러므로 진우가 '공항'이라는 말을 꺼냈을 때 그 단어는 매우 낯설게만 느껴졌다. 웃통을 벗은 채 진공청소기를 돌리던 진우를 주희는 무슨 말이냐는 얼굴로 쳐다보았다.

"이대로는 쪄 죽을 것 같아!"

흘러내리기 직전의 아이스크림처럼 땀을 뻘뻘 흘리며 진우가 말했다.

노트북과 어댑터, 이어폰 따위를 가방에 챙겨 넣으며 공항이야말로 피서지로 최적의 장소라고 주장한 진우의 말대로, 에어컨이 가동되는 공항은 기분 좋게 서늘했고 곳곳에 수많은 카페와 식당이 있었으므로 시간을 보내기에 적절했다. 그들은 공항에 위치한 베트남식당에서 쌀국수를 먹고 카페 한쪽에 자리를 잡고 각자 노트북을 꺼냈다. 진우는 유튜브를 보고 주희는 웹 서핑을 하거나 다운받아둔 영화를 보다가 저녁 식사 시간이 되면 공항의 다른 식당에 들렀다 집에 돌아갈 계획이었다. 주희는 에어컨의 차가운 기운이 팔뚝을 훑고 지나가는 것을 느끼며 남은 휴가 기간 동안 매일매일 공항으로 와야겠다고 생각했다. 작은 가방에 얇은 카디건과 읽고 싶었던 소설책 그리고 영화 잡지를 챙겨 와야지. 공항 특유의 끊임없는 움직임과 소음이 거슬리긴 했지만 주희에게는 더할 나위 없이 완벽한 휴가였다. 공항으로 피서 올 생각을 한 진우가 기특할 지경이었다.

"내가 이렇게 머리가 좋아요."

주희의 칭찬에 진우는 유튜브에서 눈을 떼지 않고 그렇게 말했다. 진우의 말에 피식 웃으며 노트북으로 다시 시선을 옮기는데, 진우가 유튜브 영상을 멈추더니 "기사에서 봤어"라고 말했다. 더위를 피해 지하철의 순환선을 온종일 타거나 지하철로 공항까지 왔다 가는 노인들이 많다는 내용의 기사였다고 했다.

"그걸 내가 응용한 거지."

진우는 씩 웃으며 말하고는 다시 유튜브를 재생시켰다. 지하철을 타고 이쪽 끝에서 저쪽 끝을 왕복하는 노인들. 그런 노인들을 떠올리자 주희는 얼마 전 친구에게서 들었던 이야기가 생각났다. 임부의 몸으로 1호선을 타고 경기도의 한 도시에서 서울 도심 한복판으로 출퇴근하던 친구가 언젠가 딱 한 번 노약자석에 앉아 잠시 눈을 붙였을 때, 한 등산복 차림의 남자 노인이 만삭인 그녀의 무릎 위에 엉덩이를 걸치고 앉았다는 이야기. "어떻게 그런 일이 있을 수 있어!" 그 이야기를 듣고 주희는 너무 놀라 친구에게 물었다. 주희는 임산부에 대한 배려가 이렇게 없는 나라에서 아이는 왜 낳으라는 거냐며 분개했고, 지하철 문이 열리자마자 뛰듯 밖으로 나가 울며 남편에게 전화를 걸었다고 친구가 이야기했을 때는 가슴이 아파왔다. 그런 건 성추행으로 신고했어야 하는 일 아닌가? 믿을 수 없는 이야기였지만, 지하철에서 종종 맞닥뜨리게 되는 어떤 노인들을 생각하면 아주 말이 안 되는 일만은 아니었다. 요즘 젊은것들은 다 빨갱이라고 갑작스럽게 소리를 지르고, 여성들을 함부로 대하고, 오로지 적의로만 자신의 권위를 증명하려는 추레한 노인들. 하지만 주희가 친구와 헤어져 집으로 돌아올 때까지 누구에게도 할 수 없었던 말은 그녀가 가지고 있는 공포에 대한 것이었다. 자신의 아버지가 그런 노인이 되어버릴지 모른다는 공포. 오랫동안 무능한 가장이던 아버지는 뉴스를 볼 때면 동성애자나 난민들에 대한 혐오 발언을 일삼았다. 주희는 언젠가부터 아버지가 극우 집회에 나가기 시작했다는 것을 알고 있었다.

"요즘 아이들은 저렇게 어릴 때부터 비행기를 다 타네. 난 대학 입학할 때까지 가장 멀리 가본 게 부산이었는데."

상념에 빠져 있던 주희를 현실로 다시 끌어온 것은 진우의 말이었다. 진우가 눈으로 가리키는 쪽을 보니 거기엔 젊은 부부와 자매처럼 보이는 꼬마 아이들이 걸어가고 있었다. 나풀거리는 원피스를 입은 여자아이들.

"사실 우리 가족은 여름에 주로 산에만 다녔거든."

진우가 얼음이 녹은 아이스 아메리카노를 빨대로 들이마셨다.

"아, 갑자기 생각나네. 산에 가서 계곡물 근처에 텐트를 친다음 물놀이하고 수박 차갑게 식혀 먹고 그러던 거."

진우가 말을 이었다.

"거기 가면 말이야. 물고기가 정말 지천에 있거든? 그래서 통발로 물고기를 막 잡고 그랬는데. 아버지가 가방에서 통발을 꺼내면 형이랑 나는 하던 물놀이도 멈추고 아버지 주위에 올망졸망 앉아서 아버지가 떡밥 바르는 걸 구경하고 그랬어. 그렇게 물고기를 잡으면 엄마가 튀김도 해주고 매운탕도 끓여주고 그랬는데. 그건 또 얼마나 맛있었었는지."

진우의 눈빛이 그리움에 잠겨 아득해졌다.

"이상하지? '휴가' 하면 몰디브나 발리, 그런 데가 생각나는데 '피서' 하면 역시 그런 풍경이 떠올라."

"우리가 이제 옛날 사람이라 그런가?"

주희의 말에 진우가 쿡쿡 웃었다. 그리고 진우는 다시 유튜브로 돌아갔고, 주희는 인터넷 서점에서 관심 있는 작가의 신간 정보를 클릭했다. 그렇게 둘이 마주 보고 앉아 각자 할 일을 하는데 잊고 있었던 기억 하나가 주희의 머릿속에 떠올랐다. 속초였던가? 아니면 강릉? 어쩌면 낙산 해수욕장이었을지도 모른다.

그것은 1996년의 기억이었다. 주희가 초등학교 5학년이고 동생은 아직 초등학교 3학년이었을 때의 일.

"나도 그런 기억 있어. 딱 한 번이지만 우리 가족도 그런 텐트를 싣고 바다에 간 적 있었거든."

주희가 갑자기 이야기를 시작하자 진우가 귀에서 이어폰을 뺐다.

"응? 뭐라고?"

"나도 식구들끼리 여름휴가 갔을 때의 추억이 있다고."

온 식구들이 처음으로 동해를 향해 떠났던 그해 여름, 아버지가 여행 가기 직전 새로 뽑은 차는 산타모였고, 그것은 네 식구가 사흘치 물놀이할 짐을 싣고 타기에 충분한 크기였다. 그

때까지 동해를 한 번도 본 적 없었던 주희의 가슴은 기대로 잔뜩 부풀어 있었다. 그전에도 바다에 놀러 간 적은 있었지만 주희의 가족은 매번 집에서 가까운 서해의 해수욕장에 갔을 뿐이었다. 갯벌이 아니라 하얀 모래가 깔려 있는 해변이라니. 그것은 얼마나 아름다운 풍경일까? 주희는 그런 아름다움에 대해서는 차마 상상할 수조차 없었다.

그들은 달렸다. 고속도로를. 열어놓은 창문을 타고 기분 좋은 바람이 불어왔다. 여동생과 주희가 만화영화 주제곡을 메들리로 부르고, 과자를 집어먹고, 간지럼을 피우다 서로 치고받으며 싸우는 사이 식구들은 목적지에 도착했다. 바다는 상상보다 더 푸르렀고 기분 탓인지 서해보다 훨씬 넓어 보였으며, 주희는 그 모든 것에 감탄할 준비가 되어 있었다.

"해수욕장에 도착하자마자 아빠는 하얀 모래 위에 텐트를 치기 시작했어. 이미 수영복으로 다 갈아입은 우리가 빨리 물에 들어가고 싶어 조바심치며 완성된 텐트 앞에 엄마랑 아빠가 접이식 파라솔과 플라스틱 테이블을 펼치는 걸 지켜보던 기억이 나."

"나도 그거 알아. 접이식 테이블. 우리 껀 초록색 플라스틱이었어. 촌스러운 초록색."

"응. 우리는 파랑."

진우와 주희가 마주 보고 웃었다.

"그리고 엄마가 밥을 짓는 동안 나와 동생은 아빠의 손을 잡고 물가로 갔을 거야. 나랑 동생은 인조 꽃이 엄청나게 많이 달린 수영모를 쓰고 있고, 우리는 수영을 아직 할 줄 모르니까 튜브를 타고 물이 얕은 데서만 둥둥 떠 있어."

"귀여웠겠다. *꼬꼬마 주희*."

진우가 손을 뻗어 주희의 뺨을 꼬집었다.

그날, 튜브 위에서 바라보던 해변은 얼마나 눈부셨던가. 레몬 같은 태양은 하늘 높이 떠 있고, 흰 모래밭의 저편으로는 청송이 소금기 품은 바람에 흔들렸다. 뜨거운 햇살에 어깨가 따갑게 익어갔다. 아버지는 아버지의 허리까지 물이 차는 구역을 벗어나지 않았다. 옆의 다른 아저씨들은 훌륭한 실력으로 물살을 가르며 저 멀리까지 나아갔는데.

"아빠도 저렇게 멀리까지 가봐. 우린 여기 있을게!"

어린 주희가 튜브 위에서 아버지를 재촉했지만 아버지는 고개를 저었다. 아빠는 헤엄을 못 치는 걸까? 아버지가 세상에서 가장 멋있다고 생각하는 주희는 다른 아빠들이 물살을 가르는 걸 볼 때마다 속이 상했고, 우리 아빠가 수영할 줄 모를 리가 없다고 남몰래 생각했다. 아빠가 수영을 하기만 한다면, 틀림없이 다른 아빠들보다 훨씬 더 멀리 더 근사하게 헤엄칠 수 있을 거라고.

"한참을 놀다 지칠 때 즈음 우리는 텐트 앞으로 돌아가서 밥을 먹었어. 라면이랑 김치랑. 삼겹살도 있었던 것 같은데, 그건 그냥 기억의 왜곡일까? 그러다가 갑자기 비가 내리기 시작하고, 그래서 우리는 텐트 안으로 서둘러 숨어들었어. 빗소리가 들리는 텐트 안은 왜 그렇게 아늑할까? 나는 텐트 문을 살짝 열고 아빠가 조그만 삽으로 텐트 주변에 물도랑을 만드는 걸 훔쳐봐. 비에 젖은 아빠의 어깨는 넓고, 허리를 숙인 채 도랑을 파는 아빠의 옆모습은 늠름하지. 이윽고 아빠가 텐트 안으로 들어오고, 우리는 넷이 나란히 텐트 안에 누워. 나는 아빠 옆에, 동생은 엄마 옆에. 빗소리는 점점 잦아들고, 아빠의 옆구리에 코를 바짝 대면 아빠의 몸에서는 소금 냄새가 나."

주희는 이야기를 할수록 알 수 없는 슬픔이 차오르는 걸 느꼈다. 이것은 대체 무슨 감정일까? 그것이 무엇인지는 알 수 없었지만 주희는 계속 이야기를 이어나갔다. 한참 뒤, 잠에서 깨었을 때 아빠는 자리에 없었다고. 엄마와 동생은 아직 잠에 깊이 빠져 있고, 그녀 혼자 아빠를 찾으러 텐트 밖으로 나갔다고.

비가 그친 해변은 어느새 다시 빛으로 가득해 있었다. 모래밭 여기저기에 물웅덩이와 비에 쓸려버린 모래성의 흔적만 아니었다면 누구도 비가 온 줄 짐작조차 못할 정도로 새파란 하늘이 펼쳐져 있었다. 주희는 아버지를 찾아서 비 온 직후라 한결 고요해진 해변을 걸어갔다. 아버지는 모래밭 어디에도 보이지 않았고, 느닷없이 아버지가 자기를 혼자 버려두고 사라져버린 것 같다는 이상한 생각에 빠져 주희는 울음이 터질 것만 같았다.

"그때였어." 주희가 말했다. "저 멀리 수평선 가까이에서 솟구치는 아빠의 머리가 보인 것은 말이야."

대체 그게 아버지의 머리라는 걸 주희는 어떻게 알아보았던 걸까? 하지만 그것은 분명히 아버지였다. 젊고, 활력이 넘치고, 평생 샐러리맨으로만 살기에 아직 이루고 싶은 것들이 너무 많아 밤잠을 설치던 삼십 대 후반의 아버지. 사업을 하겠다고 퇴사한 후 고작 일 년 뒤 경제위기가 닥치는 바람에 그 뒤로 오랫동안 빚쟁이들에게 쫓기게 될 거라고는 상상하지 못했던, 찬란한 여름날의 아버지.

어디선가 비행기가 지연되었다는 방송이 들려왔다. 진우가 팔을 뻗어 차가워진 그녀의 팔뚝에 손을 얹어 주희는 그제야 얼굴이 조금 일그러져 있다는 것을 깨달았다. 하지만 주희는 말을 다시 이었다. 이야기를 마치기 위해.

"지금도 그날 생각이 나. 그렇게 바다의 가장자리에 서서, 멋지게 접영을 하는 아빠의 머리가 바다에 잠겼다가 솟구치고, 다시 잠겼다 솟구치는 걸 바라보고 있었던 그날이. 멀리멀리로 나아가는 아빠를 나 혼자 지켜보고 있던 그날이."

주희의 기억 속에서, 아버지는 솟구치는 파도에 뒤로 밀려났다가도 기어이 앞으로 나아갔다. 몇 번이고 몇 번이고 다시 힘차게 팔을 저어서. 마치 아무것도 두렵지 않은 사람처럼, 그렇게.

그 새벽의 온기

가까스로 잠들었다가 다시 눈을 뜨기 전, 그녀는 하늘을 나는 꿈을 꾸고 있었다. 뉴욕과 보스턴, 워싱턴과 필라델피아 같은 이름을 지닌 도시들의 경계를 넘나들며 날아다녔지만 그것은 생각처럼 근사한 꿈은 아니었다. 꿈속에서 그녀는 누군가의 뒤통수를 쫓으며 창공을 날고 있었는데, 어린 시절 꿈속에서 하늘을 날았을 때와 달리 설레고 짜릿하기보다는 뺨이 얼얼할 정도로 차가운 대기에 고통스러웠고 무엇보다 앞사람을 놓치지 않기 위해 날갯짓을 정신없이 하느라 팔이 떨어져나갈 듯 어깨가 아팠다.

피곤한 꿈이었어, 그렇게 생각하며 시간을 확인했다. 12월의 어느 새벽이었고, 밖은 아직 캄캄했다. 일어날 시간이 아닌 한

밤중이나 새벽에 눈을 뜨는 것은 그녀에겐 일상적인 일이었다. 불면은 그녀의 오랜 친구였으니까. 기억도 나지 않는 언젠가부터 그녀는 쉽게 잠에 들지 못했고 어쩌다가 일찍 잠에 드는 밤에도 얕은 잠을 자다가 작은 기척에 몇 번이고 눈을 떴으니까. 그런 때, 그녀가 할 수 있는 일은 많지 않았다. 그녀는 어둠 속에 누워 눈을 질끈 감고 잠이 다시 오기를 간절한 마음으로 기다리고, 기다리고, 또 기다렸다. 어린 시절, 이렇게 잠에서 깨어 어둠 속에 누워 있을 때 가장 무서웠던 것은 벽에 걸린 커다란 시계의 초침이 움직이는 소리였다. 모두가 잠든 고요한 밤 혹은 새벽, 어둠 속에서 초침이 움직이는 소리는 기괴할 만큼 커다랗게 들렸고, 그녀는 시간이 갈수록 얼른 자야 하는데, 도대체 어떻게 해야 잠이 오는 걸까, 초조해서 견딜 수가 없었다.

어째서 또 깨어버린 걸까? 그녀는 난감한 마음이 들었다. 집이 너무 추운 탓인가? 이불을 끌어당기며 뒹굴 몸을 한쪽으로 굴렸다. 보일러의 온도를 좀 더 높일 걸 그랬나? 하지만 난방비는 너무 비쌌고, 그 돈을 벌려면 더 많은 모욕과 수치를 견뎌야 했다. 그럴 바에야 차라리 어깨가 아프더라도 웅크리고 덜

덜 떨며 자는 편이 나았다. 사장은 툭하면 소리를 질렀고, 여자들은 군대를 다녀오지 않아서 일을 못한다고 빈정댔으며, 회식 때마다 여직원들을 늙고 배 나온 남자 간부들 사이에 하나씩 앉혔다.

잠을 청하려 눈을 다시 감았지만 그녀는 애를 쓸수록 정신이 또렷해지는 것을 느꼈다. 몸과 머리가 물속에 가라앉은 것처럼 무거워 아직 일어날 수 없는데 잠은 멀리멀리, 손을 아무리 뻗어도 거머쥘 수 없는 곳으로 사라져가고 있었다. 또 실패인가? 그녀는 절망스러운 마음에 눈을 다시 떴다. 사방은 어둡고, 방은 여전히 차가웠다. 처음에는 아무것도 보이지 않았지만 이윽고 그녀의 눈은 어둠에 익숙해졌다. 불면의 전문가답게 그녀는 테두리만 보이는 사물들의 형태를, 그녀를 둘러싼 어둠의 색조와 질감을 분간할 수 있었다. 어떤 어둠은 공포를 분노를 때로는 낭만을 증폭시켰지만, 그 새벽의 어둠에는 마음 깊은 곳의 슬픔을 우울을 멜랑콜리를 건드리는 무언가가 섞여 있었고, 그래서 그녀는 침대 위에 홀로 누워 오래전 땅거미가 진 골목에서 추위에 덜덜 떨며 엄마가 퇴근해 돌아오기를 기

다리던 날들을 떠올렸다. 아직 동생은 태어나지 않았고, 어린 그녀가 골목 어귀 구멍가게의 평상에 앉아 엄마가 나타나기를 기다리던 날들을.

엄마가 왜 여기까지 나와 있어, 하며 혼냈겠지만 이내 환히 웃어주었겠지, 피로한 얼굴을 감추고, 환하게. 사랑은 그런 것이니까, 아무리 고단하고 추운 날에도 우리를 잠깐이나마 웃게 하는 거니까, 꽃처럼 피어오르게 하는 거니까. 그녀는 뒹굴, 몸을 이번에는 반대쪽으로 굴리며 이런 생각을 그만해야 하는데, 내일 출근하려면, 이렇게 못 자면 내일 업무에 차질이 있을 텐데, 하고 속으로 중얼거렸다. 그러면 틀림없이 김 부장은, 송양, 송양은 결혼도 안 한 여자가 밤에 뭘 하고 다니길래 매일 졸아, 밤마다 할 일이 아주 많은가 봐, 하며 징그럽게 웃을 테고, 나는 그런 모욕을 당하고도 바보처럼 웃는 나 자신이 싫어질 텐데, 또 집으로 돌아오는 길에 버스 안에서 자책을 할 텐데. 하지만 잠은 아무래도 오지 않았고, 어쩐지 창밖이 환해지는 것만 같았고, 공기가 점점 더 차가워지는 느낌이 들었다.

얼어붙겠어, 그녀는 그렇게 생각했다. 예전에는 자다 깨면 누군가가 옆에 있었다. 어렸을 때는 엄마가 있었고, 조금 큰 이후에는 동생이, 그리고 얼마 전까지는 애인이 간간이 잠꼬대를 하거나 거친 숨을 이따금씩 몰아쉬며 곁에 있었다. 하지만 이제 어둠 속에 홀로 누운 그녀의 집에는 최근 길가에서 구조한 후 주인을 찾지 못해 뜻하지 않게 같이 살고 있는 늙은 개 한 마리를 제외하면 아무도 없었고, 들리는 것은 밖의 바람 소리, 어디선가 들려오는 사이렌 소리, 그리고 자동차 바퀴 소리뿐이었다. 내겐 아무도 없어, 그렇게 생각하자 서글픈 마음이 들었다. 대체 무엇이 잘못된 걸까? 그녀는 부주의한 말들과 의도치 않았던 행동으로 자신이 망쳐버린 관계들을 떠올렸다. 빙하가 녹은 탓에 갈수록 세계는 추워진다던데. 그녀는 애정을 품었던 모든 것들에게서 떨어져 나와 홀로 멀리멀리 어딘가로 떠밀려 가는 것 같았다.

얼마나 시간이 흘렀을까? 북극지방에서 떨어져 나온 빙하를 타고 어딘가로 한참을 떠내려가던 그녀의 얼어붙은 코에 무언가 닿는 느낌이 들었다. 이게 뭐지? 그것은 물컹하고 따뜻했다. 그리고 눈을 떴을 때 그녀가 본 것은 어느새 얼굴 앞까지 다가

와 있는 늙은 개 한 마리였다. 며칠째 방 밖에서만 자던 개. 그녀에게 아직 아무 의미도 아니던 개. 버림받은 동물답게 그녀의 눈치만을 보며 퇴근한 그녀의 주변을 맴돌던 개. 그 개가 어느 틈에 침대에 올라왔는지 꼬리를 흔들며 그녀의 코를 한 번 더 핥았다.

"아이, 이러지 마."

그렇게 말하면서도 그녀는 간지러워 웃음을 터뜨렸다. 개는 그녀가 피하려고 하면 할수록 꼬리를 흔들며 더욱 적극적으로 코를 들이밀었다.

따뜻한 혀, 축축한 코, 부드러운 털.

"그만 좀 해, 그만."

내일에 대한 전망은 비관과 회의 사이를 오가고, 다음 달 난방비 고지서마저 여전히 근심스러운 새벽이었다. 나는 개에 대해서는 아무것도 알지 못하는데, 그녀는 생각했다. 하지만 개는 거기에 앉아 있었다. 무엇인가를 기다리는 듯, 그녀를 바라보며 꼬리를 흔들며. 뭘 기다리는 걸까? 그녀는 잠시 망설였다. 나의 미숙함 탓에 이번엔 개에게 상처를 입히는 것은 아닐까?

그녀는 두려웠다. 그러나 밖이 너무 추웠으므로 그녀는 혼자 둘둘 말고 있던 이불의 끝자락을 가만히 열었다. 그녀의 온기 쪽으로 들어올 수 있도록. 그러자 이제 곧 그녀에게 부드럽고 다정한 것, 손익계산 되지 않는 온기와 대책 없는 연약함을 나눌 수 있는 존재가 될 개가 몸을 일으켰다. 아직은 이른 새벽. 팔에 기댄 개의 체온은 따뜻했다. 그리고 그녀는 팔에 닿는 작은 심장 고동을 느끼며 마침내 단잠에 빠져들었다.

봄날의 동물원

누나를 생각하면 가장 먼저 떠오르는 것은 한 장의 사진이
다. 앨범 어딘가에 보관되어 있던 그 사진을 내가 언제 처음으
로 보았는지는 잘 모르겠다. 아마도 중학생 때였거나 고등학
생 때 즈음이 아니었을까? 아무튼 1980년대 초반에 찍은 것으
로 추정되는 그 사진 속에 등장하는 것은 어머니와 아버지, 나
와 내 여동생, 그리고 누나다. 나의 유년 시절, 우리가 살던 집
의 담벼락을 배경으로 찍은 그 사진 속에서 태어난 지 얼마 되
지 않은 여동생을 안고 있는 아버지와 당시의 미스코리아들처
럼 잔뜩 부풀린 파마로 한껏 멋을 낸 어머니는 정면을 바라보
며 환하게 웃고 있고, 나는 바가지 머리를 한 채 어머니의 치맛
자락을 붙잡고 서 있다. 예닐곱 살쯤 되었을 누나는 하늘색 세

일러복을 입고 내 옆에 서서 카메라를 응시하고 있다. 담장 너머 덩굴장미가 흐드러지게 피어 있는 그 사진 속에서 다섯 사람은 영락없이 한 가족처럼 보인다. 하지만 그 사진을 처음 보았을 때 내게 인상적으로 각인된 것은 누나와 우리 사이에 존재하는 거리였다. 누군가 시켰을 리 없는데, 사진 속의 누나는 우리에게서 두세 걸음쯤 떨어진 위치에 서 있었다.

누나가 우리 집에 살았던 것은 내가 세 살 때부터 여섯 살 때까지다. 약 삼 년의 시간 동안 큰아버지가 중동에 일하러 가게 되었기 때문이다. 내 기억 속에 존재하지 않는 큰어머니는 누나가 우리 집에 오기 일 년 전 암 투병 끝에 세상을 떠났다. 누나가 우리 집에서 살기 위해 짐을 가지고 왔을 당시 상황을 기억하기에 나는 너무 어렸다. 하지만 내가 어린 시절을 떠올리면 누나는 언제나 거기에, 나이보다 조금 더 조숙한 얼굴로 서 있다.

오랜만에 누나의 연락을 받은 것은 마카우 앵무새에 의안을 넣은 후 핀으로 고정하고 표정을 만들던 중이었다. 대부분의

사촌들이 그러하듯, 누나의 전화번호가 휴대전화에 저장이 되어 있다는 사실조차 잊고 지낼 만큼 우리는 연락을 일상적으로 주고받는 사이가 아니었다. 그렇기에 휴대전화 화면에 누나의 이름이 뜨자 나는 집안에 무슨 일이 생긴 것은 아닌가 걱정이 먼저 들었다. 걱정한 것이 무색할 정도로 밝게 인사를 건넨 누나는 내가 일하는 동물원에 모처럼 놀러 온 김에 나를 볼수 있을까 싶어 연락을 해봤다고 수화기 너머에서 말했다. 누나의 목소리는 공기처럼 가벼웠고, 누나는 업무 중이라 바쁘거나 나오기 눈치 보인다면 다음에 만나도 좋으니 부담을 갖지는 말라고 덧붙였다.

"그냥, 동물원에 왔는데 네가 생각이 나서."

"금방 나갈게."

나는 이제 눈이 생긴 마카우 앵무새를 잠깐 쳐다보면서 답했다. 명절이나 친척의 경조사 모임 때문이 아니라, 그런 것과 무관하게 우리끼리 마지막으로 만난 것이 언제였던가 하는 생각이 들었다. 그런 적이 있기나 했던가? 나는 거의 완성 단계의 마카우 앵무새를 지퍼백 안에 밀봉해 냉장 보관하고는 손을 오래오래 씻었다.

표본박제실의 문을 열고 밖으로 나오자 밖은 4월의 오후답게 빛으로 가득했고 여기저기에서 새소리와 아이들 웃는 소리가 들려왔다. 누나는 반달곰 우리 앞에서 나를 기다리고 있었다. 무릎까지 내려오는 원피스를 입은 누나는 조금 마른 것 같았고, 못 본 동안 사십 대 초반의 나이에 걸맞게 세월을 타 더 이상 어려 보이지 않았다. 하지만 나를 발견하고 환히 웃자 누나의 얼굴에는 소녀 시절 표정이 순식간에 되살아났다.

"누나가 여기까지 어쩐 일이야?"

나 역시 반가운 미소를 지으며 누나에게 다가갔다. 우리는 근처 노점에서 음료수를 한 잔씩 샀다. 내가 일하는 곳에서 누나를 만난 것이니 내가 사주려고 했는데, 누나가 나보다 빨리 현금을 꺼내어 노점상에게 건넸다. 음료수를 들고 동물원 안을 천천히 걸었다. 울창한 나무들 사이로 살아 있는 동식물들의 냄새가 바람결에 실려 왔다. 누나는 걸음이 느렸고, 오랜만에 만난 누나와 간단한 안부 인사를 주고받으니 할 이야기가 없었다. 누나가 몇 번 아이를 유산한 이후 더 이상 아이를 갖지 못하고 매형과 단둘이 동물원에서 멀지 않은 소도시에서 작은 분식점을 운영하며 살고 있다는 이야기를 어머니로부터 들은 게 누나에 대해 내가 가진 정보의 전부였다.

"넌 장가 안 가니?"

우리가 기린들 앞을 지날 때 누나가 뜬금없이 물었다.

"가야지."

결혼에 대해 별생각이 없으면서 나는 이런 질문을 들을 때마다 으레 그래온 것처럼 기계적으로 대답했다.

"누나는 정말 어쩐 일이야? 나 장가가라고 설득하라는 엄마의 사주를 받고 온 것은 아닐 테고."

친구나 매형도 없이 누나 혼자 동물원에 온 것이 조금 의아했다. 아닌 게 아니라 동물원에 찾아오는 사람들은 가족이나 연인들이 대부분이었다.

"그냥. 동물들도 보고, 너도 보고, 바람도 쐬려고."

누나가 웃으며 답하더니 빨대로 포도주스를 들이켰다. 그냥 동물원에 오는 사람도 다 있나? 누나가 사준 아이스커피를 빨대로 마시며 걷고 있자니, 뭔가 해야 할 말이 있는데 누나가 본

론을 꺼내놓지 못하고 있는 것은 아닌가 하는 의구심이 들었다. 혹시 돈이 필요한 건가? 분식점이 잘 되지 않나? 그런 생각이 들자 모처럼 누나를 만나 반가웠던 마음이 사그라졌다. 누나가 아무런 말도 꺼내지 않았는데 지레짐작하고 돈 생각을 하는 나 자신이 조금 한심하게 느껴졌다. 하지만 학자금 대출을 얼마 전에야 가까스로 다 갚은 나로서는 어쩔 수 없는 일이었다. 매달 빠져나가는 월세와 공과금, 부모님께 드리는 약간의 용돈을 제하고 나면 수중에 남는 돈으로 저축하는 것은 사실상 불가능했다. 제지 공장에서 일하던 아버지가 퇴직한 이후 아버지의 임플란트 비용이나 어머니의 맹장염 수술비처럼 돌발적으로 내가 감당해야 할 몫이 늘었다. 나는 누나가 얼른 본론을 말해주기를 조바심치며 기다렸다. 그렇지만 누나는 마치 본론이 정말 없는 사람인 것처럼 주스를 간간이 마시면서 지나다니는 사람들을 천진한 얼굴로 구경하고만 있었다. 나는 시간을 흘깃 확인했다. 업무 중에 빠져나온 것이었고, 아직 박제를 끝마치지 못한 마카우 앵무새가 나를 기다리고 있었다.

"영수야, 저기 봐봐."

누나가 가리킨 곳은 동물원 화단이었다. 겹벚꽃나무들 아래서 사람들이 돗자리를 펼쳐놓고 도시락을 먹고 있었다. 나는 사람들로 가득한 그 풍경에서 누나의 눈길을 끈 것이 엄마 아빠 곁에 삼남매처럼 보이는 아이들이 돗자리에 앉아 있는 모습이라는 것을 금세 알아챘다. 레몬색 돗자리의 한쪽 모서리에는 유치원생 같은 여자아이와 남자아이가 앉아 있었는데, 머리 하나만큼 더 큰 여자아이가 고개를 숙이고 더 어려 보이는 남자아이에게 무엇인가를 속삭이면 남자아이는 연신 고개를 끄덕였다. 나는 누나가 아무런 말을 덧붙이지 않았지만 그 풍경을 보며 누나도 나처럼 오래전 우리가 함께 소풍을 갔던 어느 봄날을 떠올리고 있다는 사실을 알았다.

내가 여섯 살이던 그해 봄, 온 가족이 소풍을 간 곳은 고향 근처에 있던 저수지였다. 우리는 버드나무가 줄기를 길게 늘어뜨린 물가에 돗자리를 펴놓고 도시락을 먹었다. 어머니가 준비한 찬합의 한 칸에는 김밥과 유부초밥이 가지런히 줄을 맞추고 있었고 다른 한 칸에는 딸기와 설탕에 재워둔 토마토가 담겨 있었다. 내가 지금까지 그것을 기억하는 이유는 그날 내가 김밥을 먹기도 전에 딸기를 먹겠다고 떼를 쓰다가 아버지에게 혼났기 때문이다. 나의 기억 속에서 아버지에게 혼난 게 서러워 얼굴이 새빨개지도록 우는 여섯 살짜리 꼬마를 달래는 것은, 어린 막내 동생을 돌보느라 정신이 없는 엄마가 아니라 아홉 살짜리 누나다.

"영수야, 기다려봐. 이제 저 남자아이가 곧 울 거야."

아이들을 관찰하고 있던 누나가 장난스러운 눈빛으로 말했다. 아니나 다를까, 누나의 말이 끝나고 얼마 지나지 않아 아이는 무엇인가 분한 사람처럼 서러운 사람처럼 요란한 소리로 울기 시작하고 다른 식구들은 그런 아이가 귀여워 폭소를 터뜨렸다.

"너무 귀엽지?"

누나가 아이에게서 눈을 떼지 못한 채 따라서 웃었다.

"귀엽네."

아이가 눈물을 손등으로 닦으며 무언가를 설명하는 모습을 훔쳐보다가 나도 누나를 따라서 웃었다.

"박제 일을 한다고 했지?"

누나가 나의 일에 대해서 물어본 것은 우리가 한동안 걷다가 홍학사 근처의 벤치에 자리 잡고 앉았을 때였다.

"나는 네가 미술을 계속할 줄 알았는데."

"응, 나도. 하지만 미술은 돈이 안 되잖아."

생각해보면, 내가 전공을 바꿔 미대 조소과에 다시 입학했을 때 가장 기뻐해준 것은 누나였다. 설날이었던가? 내 소식을 부모님으로부터 미리 듣고는 나를 보자마자 미대에 가서 어떻게 먹고살 것이냐고 혀를 쯧쯧 차던 어른들의 잔소리에 진력이 나 있을 즈음, 이미 사춘기를 지나며 데면데면한 사이가 된 누나가 내게 다가와 선물을 건넸다. 반 고흐의 복제화들을 모은 화집이었다.

"박제 일도 어떤 면에서는 미술이랑 닮았어."

나는 얼른 덧붙였다. 실제로 발포우레탄을 성형해서 만드는 과정은 조소 작업과 유사했고, 나는 그런 것에서 재미를 느끼곤 했다.

"죽은 동물을 보면 무섭진 않니?"

누나가 뜬금없이 물었다. 그것은 내가 일을 시작한 이후 가장 많이 듣는 질문이었다. 수의사의 연락을 받고 사수를 따라 부검실로 동물의 사체를 처음 보러 갔던 오래전의 일이 떠올랐다. 내가 최초로 본 죽은 동물은 시베리아 호랑이였다. 온기가 사라진 호랑이의 몸은 차갑고 뻣뻣했다.

"전혀. 박제를 완성하면, 동물에 생명을 다시 불어넣어준 것 같아서 기분이 좋아."

누나가 잠시 아무런 말도 않고 가만히 있어 나는 습관적으로 손의 냄새를 맡았다. 같이 있는 사람이 갑자기 입을 다물거나, 지하철 같은 곳에서 옆사람이 지하철이 정차하지도 않았는데 자리에서 일어나면 손의 냄새를 맡는 것은 이 일을 시작하고 나서 내게 생긴 버릇이다.

"좋은 일이구나."

누나가 빨대를 빨자 음료가 얼마 남아 있지 않은 컵에서는 요란한 소리가 났다. 그러고 나서 누나는 나의 작업이 정말 미술과 닮은 것 같다고 말했다. "화가들도 작품을 통해서 삶을 불멸로 만들잖아"라고도. 그리고 누나는 나에게 암스테르담에 가보았는지를 묻더니 〈밀밭에서 수확하는 사람〉을 보기 위해

반 고흐 박물관에 가보는 것이 꿈이라고 했다. "죽어도 영원히 산다는 것, 근사하지?"라면서.

나는 그제야 누나가 사실은 나보다 더 미술을 좋아했다는 사실을 기억해냈다. 어린 시절, 달력 뒷면에 색색의 크레파스로 선을 그으며 색깔의 이름들을 알려준 사람이 바로 누나였다. 누나가 미대를 지망했던가? 나는 누나에 대해 아무것도 모른다는 사실을 새삼 다시 깨달았다. 한때는 그렇게 악착같이 누나 뒤꽁무니를 쫓아다녔던 적도 있었는데. 누나는 내가 귀찮지 않았을까? 아마 귀찮았겠지. 중동에서 돌아온 큰아버지가 누나를 데리고 가버린 이후, 여동생이 나를 쫓아다니기 시작했기 때문에 나는 어린애를 달고 다니는 것이 얼마나 귀찮은 일인지 잘 알았다. 누나는 틀림없이 그 시절 외로웠겠지? 하지만 나의 기억 속에서 누나는 울거나 슬퍼하지 않는다. 우리는 벤치에 앉아서, 너무 어린 막내 동생을 떼어놓고 해바라기가 피어 있는 이웃집 논두렁을, 하얀 연기를 뿜는 소독차가 지나는 집 앞 신작로를 우리가 뛰어다닌 날들에 대해서 이야기했다. 저기 봐봐, 영수야 저건 무슨 색이야? 누나가 물으면 내가 노란

색, 파란색, 소리를 지르던 날들. 바람이 불면 연초록의 강아지 풀들이 흔들리고, 붉은 사루비아 꽃이 흔들리고, 누나의 단발 머리가 검은 물결처럼 흔들렸다. 기억 속에서 사시사철 붉던, 누나의 볼. 달리다 넘어져 무릎이 까져 울면 다가와 상처를 불어주던 누나의 반짝이는 속눈썹.

몇 년 뒤면 나는 친구의 결혼식장에서 우연히 재회한 중학교 동창과 짧은 연애를 하고 결혼을 할 것이었고, 세부로 간 신혼여행에서 쌍둥이 딸을 만들어 신혼 기간도 없이 아이들을 낳고 키우느라 정신없는 삶을 살 것이었다. 쌍둥이 아이의 돌잔치에는 쌍둥이를 낳을 유전자를 물려주신 장모님과 쌍둥이 이모님까지 참석해 많은 이들의 주목을 받을 거였다. 딸들은 무럭무럭 자라서 나중에는 더 이상 똑같은 옷을 입기 싫다고 화를 내고, 서로 다른 친구들과 사귀고, 각자의 방식대로 자라나 짝사랑을 하고, 실연을 할 것이다. 하지만 이 모든 일들이 일어나는 나의 삶에 누나는 존재하지 않을 것이었다. 누나가 나를 보러 동물원으로 찾아왔을 당시 누나는 췌장암을 앓고 있었지만, 나는 그 사실을 몰랐다. 아무것도 몰랐으므로 나는 그 봄 날, 한낮의 홍학사 앞에서 그저 누나와 함께 잠시 앉아 있었을 뿐이다. 그리고 누나의 가는 팔을 붙잡고 "저기 봐!" 하고 소리 쳤다. 꼬마 아이가 된 것 같은 마음으로. 한낮의 물가에서, 분홍색의 홍학들이 일제히 날개를 들어 올렸다.

누구에게나 필요한 비치 타올

상준과 효진은 알아주는 같은 과 CC였다. 학부도 아니고 대학원에서 같은 과 CC인 경우는 그렇게 흔치 않았기에 그들은 눈에 잘 띄었다. 대학원에 입학하자마자 그들이 사귀기 시작한 줄 아는 선배나 교수들의 오해와 달리 처음부터 상준이 효진을 연애 대상으로 본 것은 아니었다. 본교 출신이던 상준은 타지역에서 학부를 다녔던 효진이 낯선 환경에 적응하기 쉽도록 도와주는 입장이었는데, 매점이나 도서관 내의 엘리베이터 위치 같은 것을 알려주면서 둘은 가까워졌다. 그들은 대체로 학교 후문 쪽의 저렴한 식당에서 점심을 먹었고 돌아오는 길엔 테이크아웃 트럭에서 아메리카노를 사 마셨다. 커피를 살 때마다 효진은 언제나 쿠폰에 도장을 찍었고, 도장을 다 모으면 잊지 않고 무료 음료를 받았는데, 그럴 때면 효진은 공짜 음료 한 잔에 아이처럼 즐거워했다. 온갖 쿠폰들이 업종별로 가지런히 정리되어 있던 카드 지갑. 효진은 수업이 끝나면 그날 받은 프린트물마다 색깔이 다른 플래그포스트잇을 자신의 규칙에 따라 붙였고, 연구실에서 공용으로 쓰는 머그컵 같은 것을 일정 주기마다 닦은 후 볕이 잘 드는 창가에 말렸다. "넌 진짜 꼼꼼하구나." 상준이 그렇게 말한 것은 첫 학기가 마무리되어가던 6월 초였다. 효진은 상준의 말에 "작은 일이라도 마음을 다해 반듯하게 해냈을 때 주어지는 보상은 사람을 기쁘게 하잖아"라고 답하며 웃었는데, 그 이후 선배들이 효진에게 남자를 소개해주려 할 때마다 상준이 훼방을 놓았던 것은 바로 그 미소 때문이었다.

연애를 시작한 뒤 대학원 선배들은 부러움 반 질투 반으로 그들을 삼쌍둥이라고 불렀다. 외모나 성격이 비슷해서는 아니었고, 그렇게 불릴 만큼 둘이 맨날 붙어 다녔기 때문이었다. 그들은 같은 수업을 들었고, 같은 연구실에서 매일 밤늦게까지 공부를 했으며, 심지어 석사 논문마저도 같은 지도 교수 밑에서 썼다. 근사한 데이트를 할 돈은 물론, 별 볼 일 없는 데이트를 할 시간마저 턱없이 부족한 대학원생을 못 견디고 결국 떠나버리는 회사원과의 연애담을 선배들로부터 반복해 들으면서 상준과 효진은 서로의 존재가 있어 다행이라는 생각을 하지 않을 수 없었다. 그들은 후문 근처의 포장마차에서 떡볶이와 순대를 포장해 오거나 학교 앞 식당에서 돌솥알밥이나 치킨마요덮밥 같은 것들을 배달시켜 먹으면서 연구실에서 『사카모토 료마 평전』이나 『현대일본을 찾아서』 같은 책을 함께 읽었고, 근세부터 근대까지 천황이 어떤 역할을 했는지 같은 것에 대해서 토론을 했다. 과제가 많아 밤을 새워야 하는 어떤 날들에 효진은 연구실 한쪽에 비치된 라꾸라꾸에 앉아 쪽잠을 자기도 했는데, 그의 곁에서 무방비하게 잠들어 있는 효진의 통통한 볼과 자그마한 입술을 보고 있으면 상준은 더할 나위 없이 행복해졌고, 하루빨리 효진과 가족이 되었으면 좋겠다고 생각했다.

관계의 형태가 조금 달라진 것은 둘이 나란히 박사과정에 입학하면서부터였다. 박사과정 진학을 상담해준 선배나 교수들이 모두 하나같이 둘 중 한 명이 세부 전공을 바꾸는 편이 낫지 않겠느냐고 조언했기 때문이었다. 곧 결혼할 생각이던 상준과 효진에겐 부부가 같은 세부 전공으로 박사 학위를 받을 경우 둘 중 하나는 임용 시장에서 불이익을 받지 않겠느냐는 말이 일리 있게 들렸다. 결국 한국사로 전공을 바꾼 것은 상준이었다. 근대일본사를 자신보다 효진이 더 좋아하기 때문이라는 것이 표면으로 내세운 이유긴 했지만, 시간이 흐를수록 상준은 그런 선택을 한 것이 지방대 출신인 효진보다는 자신이 새로운 공부에 더 빨리 적응할 거라고 무의식중에 생각해버렸기 때문은 아닐까 종종 의심했다. 성실한 연구자인 효진을 누군가 학벌 세탁하러 대학원에 온 사람 취급할 때마다 분개하던 상준은 자신의 이중성이 씁쓸했고, 효진에게 미안한 마음이 들었다.

세부 전공이 달라지면서 같이 듣지 않는 수업이 생기고, 스터디를 따로 해야 했지만 그들이 잃어버린 만큼의 시간은 결혼을 통해 상쇄되었다. 그들은 과정을 수료하자마자 결혼을 했는데, 그들의 결혼식에는 학과 선후배들과 교수들이 모두 참석해

축하해주었다. 큰 문제가 없던 그들의 관계가 결정적으로 어긋나기 시작한 것은 효진이 먼저 학위를 따고 졸업하면서부터였다. 효진이 삼 년째 여러 학교에서 시간강사 신분으로 학생들을 가르치며 가계의 경제적인 부분을 담당하는 사이, 상준의 학위논문은 여전히 미끄러지고 있었다. 상준의 지도 교수는 재즈 음악이며 골프까지 취미 생활이 다양한 사람이었고, 보직까지 맡느라 언제나 공사다망했다. 논문 심사가 밀리고 또 밀리는 사이 상준에게 느는 것은 어쩔 수 없는 자격지심뿐이었는데, 상준은 효진이 졸업하지 못하는 자신을 탐탁지 않아 하고 있다는 생각에 주기적으로 빠졌고, 그럴 때면 견딜 수가 없었다.

그날, 그들이 싸운 것 역시 그 탓이었다. 효진의 강의가 없는 금요일이라, 둘은 집 안 청소를 하고 밀린 빨래를 돌린 후 식탁에 앉아 참외를 깎아 먹고 있었다. 저녁을 뭐 해 먹을까 이야기하던 중 효진은 갑자기 학생들에 대한 불만을 토로했다.

"완전히 벽에 대고 말하는 것 같다니까. 아무런 반응이 없어."

효진이 고개를 절레절레 저으며 말했다. 그녀는 높은 굽의 구두를 신고 세 시간 동안 서 있는 일이 얼마나 고통스러운지, 끼니를 삼각 김밥으로 때워가며 한 학교에서 다른 학교로 강의를 하러 다니는 것이 얼마나 피곤한지를 말했다.

"힘들겠다."

상준이 맞장구를 치며 포크를 내려놓았다. 벽에 대고 말할 그 자격 자체를 얻지 못해 상준이 절망스러운 나날을 보내고 있다는 사실을 효진은 잊어버린 것만 같았다. 세탁기의 빨래가 탈수되는 요란한 소리가 부엌을 가득 채웠다. 상준이 비치 타올 이야기를 꺼낸 것은 화제를 전환하고 싶기 때문이었다. 그즈음, 상준이 이따금 찾아가 한두 시간씩 자료를 읽다가 돌아오는 집 앞 카페에서는 음료 쿠폰을 다 채우면 경품으로 비치 타올을 주는 이벤트를 하고 있었다. 다가올 여름 바캉스를 위해 마련된 이벤트로, 커다란 야자수가 그려진 그 비치 타올을 받으면 상준은 효진에게 줄 생각이었다.

"너 쿠폰 경품 같은 것 좋아하잖아."

논문이 끝나지 않는 한, 바캉스를 떠나긴 어렵겠지만 효진과 한강 둔치에라도 가 기분 전환 차 소풍을 할 생각이었다. 비치 타올을 깔아놓고 김밥이나 치킨을 먹으면 그들을 숨 막히게 만들 여름의 무더위도 한결 가볍게 느껴질 거였다.

"근데, 너 일주일에 몇 번이나 그 카페에 가지?"

비치 타올 이야기를 하면 좋아할 거라던 상준의 기대와 달리 별다른 반응이 없던 효진이 잠시 둘 사이에 흐르던 침묵을 깨고 참외를 포크로 내리찍으며 물었다.

"세 번? 많으면 네 번?"

효진은 고개를 끄덕이더니 참외를 한입 베어 물었다.

"그럼 한 달에 오만 원씩은 그 카페에 갖다주는 거네?"

효진과 싸운 끝에 상준은 집을 나섰다. 서글픔인지 분노인지 알 수 없는 불덩이 같은 것이 속에서 치밀었다. 홧홧한 속과 별개로 상준의 드러내놓은 팔뚝과 목덜미에 와닿는 공기는 선득했다. 일교차가 이렇게 클 줄 모르고 반팔 차림으로 집을 나와버린 탓이었다. 낮에만 해도 햇살이 뜨거웠는데. 상준은 왠지 억울한 마음이 들었다. 그렇지만 이제 와서 긴팔 겉옷을 가지러 집에 다시 들어갈 수는 없는 노릇이었다. 그랬다가는 효

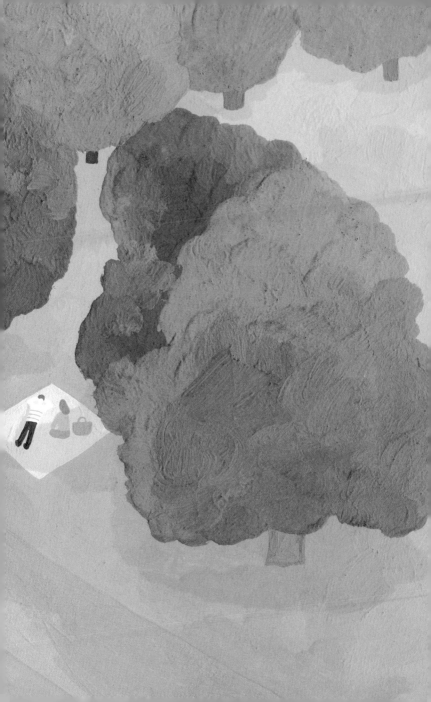

진에게 비웃음을 살 거였으니까. 부부싸움 끝에 집을 박차고 나온 마당에 겉옷을 가지러 집으로 돌아간다는 것은 항복 선언이나 다름없는 일이었다. "내가 참기만 하니까 이젠 아주 우습나 보지?" 상준은 집 근처 골목을 벗어나 큰길 쪽으로 걸으며 혼자 중얼거렸다. 화를 쉽게 내는 법이 없어 학과 내에서 김보살이라고 불리던 사람은 어디로 갔는지 효진은 언젠가부터 상준이 화를 내면 참지 않고 맞받아쳤다. 상준은 "한 달에 오만 원씩은 그 카페에 갖다주는 거네?"라고 말하던 효진의 말투를 곱씹었다. "갖다주는 거네?"라고 말했는지 "갖다 바치는 거네?"라고 말한 건지 곱씹을수록 헷갈렸고, 시간이 흐른 후엔 후자였던 것 같다는 생각이 들었다. 그깟 오만 원이 뭐라고. 상준은 견딜 수 없는 모욕감을 느꼈다. 후배들 눈치가 보여 연구실에 가지 못한 채 집에서만 공부를 하던 상준에겐 카페에 다녀오는 시간만이 유일한 낙이었다. 상준은 효진이라면 그런 마음 정도는 알아줘야 한다고 생각했기 때문에 효진이 그렇게 말한 것은 오만 원도 벌지 못하는 자신을 비난하기 위해서일 뿐이라는 확신이 들었다. 모를 거라고 생각했겠지만 상준은 효진이 결혼한 다른 친구들을 만나고 오면 한동안 별것도 아닌 일에 더 민감해하고 날카롭게 반응한다는 사실을 알고 있었다. 팔뚝에 돋는 소름을 손바닥으로 문지르며 상준은 효진이 먼저 논문 심사에 통과했던 날을 떠올렸다. 대부분 아는 교수들이라, 심사위원들과 저녁 식사를 하는 자리에 상준도 함께 있었다. 온종일 긴장한 탓에 넋이 나가 있던 효진을 대신해 상준이 교수들과 술을 마시며 농담을 주고받았다. "어쩌다 아내한테 추월당했어. 이 선생도 내년엔 통과할 수 있도록 분발해야지." 그래도 그날 밤 집으로 돌아오는 길, 상준과 효진에겐 그런 말들을 안주 삼아 웃을 여유가 있었다.

"아, 정말 요즘이 어떤 시대인데, 남편이 아내보다 먼저 학위를 따야 한다고 생각하는 걸까?"

"냅둬. 옛날 사람들이라 그래. 뒷바라지해줄 아내가 없으면 유학도 못 가던 사람들인데 어쩌겠어."

한기를 느끼며 걷던 상준은 지하철역 근처의 포장마차 안으로 들어갔다. 뜨거운 어묵 국물을 좀 마시면 살 것 같았다. 포장마차 안에는 중년의 한 남자와 비슷한 또래의 여자 주인밖

에 없었다. 포장마차 안으로 들어오자 온기가 느껴졌고, 사각 팬 안에서 끓고 있는 떡볶이와 김이 서린 비닐 안의 순대, 긴 꼬챙이에 가지런히 꽂혀 있는 어묵이 만들어내는 친숙한 냄새를 맡자 견딜 수 없을 것 같던 기분도 조금씩 누그러졌다. 떡볶이를 좋아하는 건 효진인데. 밀떡볶이와 순대. 염통 많이. 그건 효진의 취향이었고, 그렇게 포장해 갖다주는 것은 상준이 사랑을 표현하는 방식이었다.

"뭐 드릴까?"

중년의 남자 손님과 대화를 나누고 있던 주인이 피로한 얼굴로 상준을 향해 물었다.

"이거 하나만 먹을게요."

어묵은 기대만큼 따뜻하지 않고 뻣뻣했다. 팔릴 때를 놓친 존재들은 왜 이렇게 처량할까 생각하며 상준은 맛없는 어묵을 씹었다. 그러는 사이, 상준의 등장으로 잠시 입을 다물었던 남자 손님이 다시 입을 열었다.

"미국이나 영국, 독일이나 이탈리아 같은 데를 다 돌아다녀봐도 먹을 게 없어요."

표준어를 쓰지만 강한 사투리 억양이 묻어나는 목소리는 크고, 조금 단정적이었다.

"그런가요?"

주인 여자가 떡볶이를 주걱으로 저으며 맥없이 대꾸했다.

"지금도 독일에서 오는데 음식이 다 맛이 없어. 게다가 일요일에는 거기 가게들이 다 닫아요. 한국이 좋지. 언제, 어딜 가나 먹을 게 천지잖아."

"그래도 좋겠네요. 외국을 그렇게 다니면."

"좋지도 않아요. 맨날 가면 거기가 다 거기고 다녀봐야 피곤만 하지."

남자가 후루룩 소리를 내며 어묵 국물을 마셨다. 수심이 가득해 보이는 주인 여자는 습관적으로 떡볶이를 저었다.

"내가 한 달에 두 번씩은 외국엘 가거든요? 갔다 올 때마다 이렇게 떡볶이를 먹잖아. 기내식이 얼마나 맛이 없는지."

상준은 말없이 어묵꼬치를 하나 더 꺼냈다. 시끄러운 중년 남자의 목소리와 대조적으로 기운이 하나도 없는 여자의 목소리가 약간의 사이를 두고 들려왔다.

"그래도 좋겠어요. 비행기를 타고 여기저기 갈 수 있다는 것은."

그러자 남자가 더 큰 소리로 말했다.

"에이, 아니라니까. 아줌마가 몰라서 그래. 그 갑갑한 데를 열두 시간씩 앉아 있으면 온몸이 쑤신다니까. 외국 가면 냄새 나지, 먹을 거 없지, 외국 애들은 동양 사람들한텐 관심도 없어요. 근데 나는 새파랗게 젊은 애들한테 우리 물건 좀 사달라고 사정사정해야 하지. 아줌마 팔자가 훨씬 좋은 거야."

상준은 그들의 대화를 더 이상 듣고 싶지 않아 서둘러 어묵값을 계산했다. 포장마차 밖으로 나오자 거리는 한결 더 서늘해져 있었다. 칼칼한 바람이 부는 횡단보도 앞에서 신호등이 바뀌길 기다리며 상준은 다른 사람의 처지에 대해 생각할 조금의 여유마저 우리에게서 박탈하는 것은 대체 무얼까 생각했다. 우리로 하여금 끝내 자신의 고통에만 골몰하게 만드는 그것은. 그러는 사이 보행자 신호등의 초록불이 들어오고, 상준의 옆에 서 있던 사람들이 앞다투어 길을 건넜다. 횡단보도로 진입하려던 상준은 잠시 망설이다가 발길을 돌려 포장마차로 다시 향했다. 밀떡볶이와 순대를 사기 위해서. 염통도 잊지 말아야지, 상준은 생각했다. 이 세계는 사람들을 숨 쉴 틈 없이 몰아붙이고 끊임없이 비참하게 만들며 타인에게 잔인해지도록 종용하지만, 이런 세계에 살더라도 그가 아내에게 주고 싶은 것은 오직 사랑뿐이니까.

어떤 끝

오 년 전, 우리가 처음 계획한 여행의 행선지가 도쿄가 된 것은 우연이 결코 아니었다. 우리는 일본어학원 새벽반에서 만나 함께 수업을 듣다가 연애를 하기 시작했으니까. 한국어를 곧잘 했지만 수업 시간에는 죽어도 한국어를 쓰지 않던 강사는 수강생끼리 짝을 지어 하는 회화 연습을 시키곤 했다. 새벽반이다 보니 수강생의 출석률이 좋지 않았으므로 결석을 거의 하지 않던 우리는 짝이 되는 경우가 잦았다. 우리는 새벽마다 "교와 야스미다시 히마다카라 운도오 시마스(오늘은 휴일이고 한가하기 때문에 운동을 합니다)"나, "기무상와 마지메다시 야사시이카라 모테마스(김상은 성실하고 자상하기 때문에 이성에게 인기가 있습니다)" 같은 예문을 주고받았고, 그러다 언젠가부터 수업이 끝난 후 학원 근처의 푸드 트럭에서 달걀토스트를 함께 사 먹기 시작했다. 채 썬 양배추 위에 달걀부침을 얹은 토스트는 특별하지 않았지만, 출근 전 우리의 허기진 위장을 부드럽게 달래줄 만큼은 맛이 있었다.

그러던 우리가 퇴근한 이후에도 만나 밥을 먹기로 약속을 잡은 것은 회사 사정상 성훈이 더 이상 일본어 수업을 들을 수 없게 되어서였다. 우리는 당시 내가 다니던 직장 근처인 명동에서 만나, 타이베이에 본점이 있다는 식당에서 샤오롱바오를 먹기로 했다. 그날 퇴근하기까지 시간은 정말로 더디게 흘렀다. 어찌나 더디게 흐르는지, 퇴근 시간이 틀림없다고 생각하고 짐을 챙기기 시작했을 땐 겨우 오후 세 시밖에 되지 않았는데, 그래서 나는 내가 사랑에 빠진 것을 알았다. 팀장이 퇴근하자마자 목에 건 사원증을 뺄 생각도 하지 못한 채 허둥지둥 사무실을 나왔지만, 그날따라 엘리베이터는 꼭대기 층에서 내려올 생각을 하지 않았다. 성훈은 크리스마스 시즌 맞이 일루미네이션으로 장식한 백화점의 정문 앞에서 내가 오기를 기다리고 있었다. 그리고 횡단보도 건너편에 서서 그의 쪽으로 건너가는 나를 발견하는 순간 코가 새빨개진 채 머리 위로 크게 팔을 흔들었다.

도쿄에 다시 가보자고 제안한 것은 성훈이었다. 성훈의 오피스텔에서 페퍼로니 피자를 시켜 먹고 뒷정리를 하던 중이었다.

"도쿄?"

"응, 옛날처럼."

연애를 시작한 이래, 우리는 연차와 월차를 모아서 많은 곳을 함께 다녔다. 후쿠오카에 모쓰나베와 오징어회를 먹으러 가기도 했었고, 발리로 서핑을 하러 가기도 했다. 하지만 그때까지 한 번 갔던 장소를 다시 방문한 적은 없었다. 세계는 넓고 가볼 곳은 많았으니까. 궁금한 곳은 많지만 한 해 소진할 수 있는 연차는 제한적이었으니까. 그런데 다시 도쿄라니?

"왜? 싫어?"

성훈의 제안에 즉답을 하지 않자 성훈은 눈치를 보며 다시 물었다.

"아니, 좋아."

분리수거를 하기 위해 피자 박스에 붙은 전단지를 떼어내며 내가 대답했다. 오 년 만에 도쿄에 다시 가고 싶어진 성훈의 마음을 나는 이해할 수 있을 것만 같았다.

우리는 5주년 기념일이 있는 2월 초에 도쿄로 떠났다. 이미 방문했던 곳이라 큰 기대를 품지 않았는데, 막상 하네다 공항에 도착해 일본어가 적힌 표지판들을 보자 조금 들뜬 기분이 들었다. 그것은 성훈도 마찬가지였는지 공항에 도착한 이래 목소리 톤이 다소 높아져 있었다.

"우리가 그때도 리무진을 탔던가?"

"모노레일 탄 거 아니었나?"

신주쿠행 리무진 버스의 차창 밖으로 그리운 기억들이 빠르게 스치고 지나갔다. 차의 오른편에 앉아 있는 운전자라든가 어디서든 보이는 콘돔 가게 같은 것들만으로도 일본에 왔다는 것을 실감하고 감탄할 준비가 되어 있던 한여름의 도쿄. 어쩌면 나만 느끼고 있는 것이 아닌지도 몰라. 퇴근 시간이라 정체가 심한 도로 위, 등받이에 기대어 졸고 있는 성훈을 보면서 나는 생각했다. 언제부터였는지는 모르겠지만 나는 우리의 관계가 모서리부터 조금씩, 빠른 속도로 허물어지고 있음을 느끼고 있었다. 견고한 듯 보였던 우리의 관계에 틈을 내는 것이 무엇인지는 정말 알 수 없었다. 하지만 성훈의 귓바퀴에 붙은 마른 귀지나, 우리가 처음 만났을 때부터 지금까지 의학전문대학원 입시 준비만 하고 있는 그의 형, 혹은 우리가 데이트 하고 있는 것을 알면서도 한번 전화를 걸면 끊지를 않는 그의 엄마의 존재처럼 예전 같으면 아무렇지도 않았던 것들이 예기치 않은 곳에서 방지턱마냥 솟아, 일정한 속도를 유지하며 전진하던 우리 관계를 덜컹거리게 만들기 시작했다. 아마도 그런 것은 성훈에게도 존재했겠지? 우리는 툭하면 싸우고 별것도 아닌 일로 전화기를 꺼두었으며 서로에게 상처 줄 말을 일부러 찾았으니까. 그럴 때면 이게 3, 5, 7 주기로 찾아온다는 권태기인 건가? 하는 의문이 들었고, 주기적으로 찾아온다니 그런 생각만으로도 삶 자체를 향한 권태가 일었다. 하지만 나는 우리의 관계가 이렇게 끝나버리는 것을 원하지는 않았고, 뭔가 우리의 관계를 갱신할 수 있는 계기를 만들고 싶었다.

인터넷으로 예약해둔 신주쿠의 호텔에 짐을 풀고 밖으로 나왔을 때는 이미 해가 져 있었다. 야경을 볼 겸 걸어간 시내는 퇴근한 후 한잔하려는 사람들인지 코트에 검은 배낭을 멘 직장인들로 북적거렸다. 가부키초에는 전광판들 불빛이 휘황했고, 거리마다 일본 특유의 고요한 활기가 가득했다. 때마침 커다란 '돈키호테'가 눈에 띄어, 우리는 오 년 전에도 여기에 이 가게가 있었는지 없었는지를 놓고 투덜거리면서 건물 안으로 들어가 신기한 잡화들을 구경했고, 쓸모없지만 소소한 재미를 주는 물건들을 몇 개 구입한 후에 꼬치 거리까지 걸어갔다.

손님들이 많아 보여 선택한 식당 안쪽에는 계절과 상관없이 인조 벚꽃이 흐드러지게 피어 있었다. 딱 봐도 한국 사람 같았는지 유명한 일본 요식 드라마의 주인공처럼 생긴 가게 주인은 우리에게 한글 메뉴판을 건넸다. 이윽고 우리가 주문한 닭껍질과 돼지염통 꼬치 그리고 맥주가 차례로 우리의 테이블 위에 올라왔는데 맥주는 탄산감이 적당했고, 꼬치들은 딱 알맞게 고소했다. 오 년 만에 다시 이렇게 성훈과 마주 앉아 꼬치를 안주 삼아 맥주를 마시니, 우리가 처음으로 술을 먹었던 날이 떠올랐다.

"이거 다 먹으면 술 한잔하러 갈래요?" 몇 개 남지 않은 샤오룽바오 위에 정성스럽게 생강채를 얹던 성훈은 다소 의외라는 듯 나를 쳐다보았지만 이내 특유의 평온한 표정을 되찾고는 "좋죠!" 하고 말했다. 성훈에게 술을 마시자고 제안한 것은 첫 데이트에서 남자와 반드시 술을 마셔보는 것이야말로 연애를 시작하기 전 꼭 치르는 나만의 의식이기 때문이었다. 남자의 외모에 대한 취향이나 성격에 대한 기호는 시기에 따라 달라졌지만 내가 고등학교를 졸업한 이후 줄곧 갖고 있는 신념 아닌 신념은 술 마신 후 여자를 대하는 태도가 달라지는 남자랑은 상종도 하지 말자는 것이었다. 같이 대학 다닐 때는 안 그랬던 남자 동기들마저도 사회생활을 시작하고는 언제부터인가 취하면 옆에 앉은 여자 동기나 후배들의 허리를 감거나 어깨를 끌어안기 시작했는데, 그 꼴을 본 이후부터 나의 신념은 더욱 확고해졌다.

성훈은 술을 아무리 마셔도 흐트러짐이 없는 남자였다. 그는 내가 사귀었던 다른 남자들처럼 '좋아한 여자는 많았지만 사랑한 여자는 네가 처음'이라거나 '너를 만나고 운명이 무엇인지 알았어' 따위의 속 보이는 말을 하지도 않았고, 모텔에 가더라도 내가 "오늘은 왠지 하기 싫어"라고 말하면 정말 손만 잡고 자는 그런 종류의 남자였다. 한 달에 한 번씩 소액이지만 진보 정당에 후원금을 내고, 주말에는 집에서 조용히 일본 애니메이션을 보는 남자.

"성훈이 정도면 정말 준수하지!" 사귄 햇수는 쌓이는데 내가 결혼을 망설이고 있다는 것을 안 친구들은 하나같이 그렇게 말했다. "그렇지?" 하지만 뭔가가 소리 소문 없이 분명히 무너져 내리고 있는걸. 그러나 여기는 도쿄였고, 우리가 처음으로 같이 잤던 도쿄의 한복판에서, 그 옛날 그랬던 것처럼 내 접시 위로 닭껍질 꼬치의 살을 젓가락으로 발라내어 가만히 얹어주는 성훈의 단정한 이마를 보는 순간, 나는 무너지고 무너지고 무너져서 저 멀리로 떠내려가던 그 무언가가 밀물에 실려 다시 나의 연안으로 되돌아오는 것을 느꼈다.

"맛있지?"

"응, 정말 맛있다."

비가 올 것처럼 공기가 음습했지만 술기운 탓인지 그렇게 춥지는 않았다.

"호텔로 돌아갈까? 아님 좀 더 걸을래?"

성훈이 내 쪽으로 고개를 돌렸고, 나는 그의 빨개진 코를 손끝으로 만지며 웃었다.

이튿날 아침 일찍 호텔 조식을 챙겨 먹고 우리는 시내로 나갔다. 아사쿠사 센소지나 다이칸야마 카페 거리처럼 우리가 이미 가본 곳들도 많았지만, 도쿄는 넓었고 아직 가보지 않은 곳이 더 많았다. 우리는 와규비프가 무한 리필되는 식당에서 샤부샤부를 먹었고, 블로거들 사이에서 유명한 긴자의 식당에서 스시를 먹었다. 3박 4일은 짧은 일정이었지만, 한 번 와본 도시였기에 조급할 것이 없었으므로 마음이 여유로웠던 탓인지 우리는 싸우지도 않았다. 우리는 서로에게 놀라울 정도로 다정했는데, 누군가는 여행 때문이었을 거라고, 그러니까 일상에서 벗어났다는 해방감과 일탈이 주는 흥분 때문이었을 거라고 생각할지도 모르지만 나는 꼭 그 때문은 아니라고 생각했다.

"기무상와 추가 스키데스카?(김상은 뽀뽀를 좋아합니까?)"

"다이스키데스(아주 좋아합니다)."

우리는 처음 만났을 때처럼, 가진 것은 빈곤한 언어뿐이었지만 어떻게든 상대의 존재에 가닿으려 애쓰던 때처럼, 학원 교재의 예문을 본 딴 유치한 일본어 문장들을 상대의 귓속에 속삭였고 대단한 농담이라도 되는 것처럼 깔깔대고 웃었다. 나를 그간 지겹게 만들었던 성훈의 어떤 태도들, 이를테면 아이를 갖고 싶지 않다고 말하는 나를 인생을 모르는 어린애 취급을 한다거나 퇴근 후 독서모임이나 커피동호회에 나가는 나를 쓸데없는 데 시간 낭비하는 사람 취급을 하던 그런 태도들마저도 대수롭지 않은 것처럼 느껴졌다.

그리고 그렇게 추운 날씨를 핑계 삼아 성훈의 곁에 꼭 붙어 도쿄를 걸으면서 생동하는 거리의 풍경을 바라보고 있노라면 나는 정말로 과거, 아직 결혼이라느니 안정이라느니 하는 것들과는 무관했던 시절로 되돌아간 것만 같았다. 내가 학원에 들어오는 것을 확인하면 성훈이 의자 옆자리에 놓았던 가방을 슬그머니 바닥에 내려놓는 것을 의식하기 시작하던 날들처럼.

달걀토스트를 우물우물 먹고 있는 내 옆으로 와서 "저도 토스트 하나만요" 하고 말하던 성훈의 목소리에서 어떤 기미를 읽어내기 위해 내 모든 촉수들이 여름날의 해바라기같이 활짝 만개했던 날들처럼.

우리가 소품 가게인 '로망스'를 다시 발견한 것은 세 번째 날이었다. 다음 날은 이른 아침 공항에 가야 했으므로 사실상 여행할 수 있는 마지막 날이었고, 우리는 성훈이 여행책자에서 보고 가고 싶어했던 고엔지 쪽의 빈티지숍에 들렀다가 예전에 왔을 때 분위기가 좋았던 걸로 기억해 다시 가보기로 했던 기치조지에 들러 커피를 마셨다. 기치조지는 기대했던 것만큼 예쁜 골목들로 가득했지만 어쩐지 기억과 조금 달라 보였다. 그 사이에 변해버린 것인지 내 기억이 왜곡된 것인지는 알 수 없었지만, 오 년이 꽤 긴 시간이구나 하는 생각에 조금 울적한 마음이 들었다. 보도 위에 놓인 나무 간판—'로망스'라는 단어가 알파벳으로 쓰여 있고 새하얀 하트가 그려져 있다—이 눈에 띈 것은 이색적인 편집숍들과 아기자기한 그릇들이 진열된

잡화점, CD 모양의 간판이 귀여운 레코드숍을 구경하며 골목들을 거닐고 있을 때였다.

"어, 여기 전에 왔던 거기 아니야?"

"어디?"

간판과 쇼윈도의 디스플레이는 낯이 익었지만 오 년 전 우연히 들른 상점의 이름 따위를 기억하고 있진 않았으므로 나는 그곳이 우리가 가본 가게인지는 확신할 수 없었다.

"맞아, 여기 우리 왔던 데야."

나는 차양 아래 우뚝 서서 구글 포토 어플리케이션을 클릭했고, 날짜별로 정리된 사진들 틈에서 상점의 간판을 찾아냈다. 아이스크림콘을 하나씩 들고 찍은 우리의 사진과 하늘색 자전거가 세워져 있는 카페 사진 사이, 로망스란 이름의 간판을 손가락으로 가리키는, 다섯 살 어린 나.

"이곳이 아직 여기 있구나!"

대단할 것 없는 작은 액세서리 가게였지만, 우리의 추억이 남아 있는 장소가 아직 사라지지 않았고, 그 자리에 남아 우리와 다시 만나게 되었다는 사실은 나에게 뜻밖의 기쁨을 주었다. 그러자 컬러풀하고 유니크한 장신구를 팔던 가게와 스페인에서 오래 살았다는 일본 여자 주인에 대한 기억이 일제히 떠올랐다. 내게 선물하겠다며 내가 만지작거리던 연보라색 원석이 달린 귀걸이를 들고 카운터 앞에 간 성훈이 현금이 모자라 멋쩍어하며 나가려 할 때, "사랑을 시작하는 연인에게는 깎아줘야죠"라고 말하며 밝게 웃던 활달한 여자.

"들어가보자."

나는 신이 나서 가게의 나무문을 밀고 들어섰다. 진열대 안 색색의 원석 귀걸이와 반지들, 벽에 걸린 화려한 목걸이와 팔찌들은 거의 그대로였다.

"와, 다 그대로네!"

성훈이 말했다. 하지만 이내 나는 어쩐지 달라진 느낌을 받았는데, 모든 것은 그대로였지만 톤이랄까 공기랄까, 마치 수명을 다하기 직전의 형광등이 간신히 빛을 밝히고 있는 것처럼, 가게 안의 무언가가 생기를 잃고 가라앉아 있는 것처럼 보였기 때문이다. 그리고 결정적으로는 인기척을 듣고 커튼이 드리워진 가게의 안쪽에서 모습을 드러낸 여자 주인이 내 기억 속 그녀와 조금도 닮은 구석이 없었다.

"혹시 주인이 바뀐 건가요?"

가게를 둘러보는 시늉을 하던 나는 결국 궁금증을 참지 못하고 질문을 건넸다.

"아, 가게를 아는 분이군요?"

전형적인 일본 여자 같은 말투와 표정을 짓는 주인이 관광객인 우리가 가게를 안다는 사실에 놀란 듯한 표정을 지으며 되물었다.

"예전에 한 번 와봤거든요. 가게를 그만두신 건가요?"

다시 한 번 묻는 내 곁으로 성훈이 다가왔다. 우리를 가만히 보던 그녀는 고개를 젓더니 조금은 쓸쓸한 낯빛으로 대답했다.

"아니요. 그건 아니고, 여기 주인이 암 투병 중이거든요. 그래서 임시로 맡고 있는데, 어떻게 될지 모르겠네요."

그저 그뿐이었다. 우리는 가게를 빠져나왔고, 앙증맞은 크기의 빈 화분들이 놓인 골목을 지나쳐 도쿄 일정의 마지막 코스였던 롯폰기힐스 전망대에 가기 위해 지하철역으로 이동했다.

도쿄 시내가 한눈에 내려다보이는 전망대에는 어린 연인들과 아이들을 동반한 가족 관람객들이 비슷한 비율로 섞여 있었다.

"와, 근사하네."

성훈이 창밖 사진을 연신 찍으며 말했다. 나 역시 유리창 앞에 바짝 다가가 도쿄 시내를 내려다보았다. 흐려진 탓인지 맑은 날이면 보인다는 후지산은 거의 보이지 않았다. 아쉽네, 그렇게 속으로 되뇌며 곧 눈이라도 올 것처럼 스산한 하늘을 보는데, 고작 오 년의 시간 만에 생기를 잃고 암에 걸려버린 사람은 지금 어떤 마음일까 하는 생각이 갑자기 들었다.

"그 사람, 다 나을 수 있겠지?"

성훈은 무슨 말이냐는 듯한 표정을 짓더니, "누구? 아, 그 가게 주인?" 하고 물었다.

"암이라는데, 나을까? 젊은 사람은 전이가 빠르다잖아."

그러곤 성훈은 예전에 다니던 직장의 팀장 이야기를 시작했다. 사십 대 후반의 나이에, 유학을 가겠다며 일을 그만두었으나 췌장암이 발견되어 몇 달 만에 죽어버렸다는 누군가의 이야기.

"그러고 보니 그게 벌써 팔 년 전 일이네?"

나는 도대체 성훈이 왜 그런 말을 하는지 이해할 수 없었다. 성훈에게 뭐라고 하고 싶었지만 다투고 싶지 않았으므로 그냥 입을 다물었다. 내가 한마디를 하면 성훈은 내 가시 돋친 말투에 피곤하다는 얼굴로 나를 쳐다보며 "뭐가, 또?"라고 할 거였고, 그러면 나는 "또, 라니? 뭐가 또야" 할 거였으니까. 그러면 우리는 각자의 방식으로 슬퍼지고, 아주 많은 시간이 흐른 후 오늘을 후회하게 되고 말 거니까.

나는 달리 할 말이 없어서 그냥 사람들이 이동하는 방향을 따라서 걷기 시작했다. 저 멀리 도쿄타워가 보였고, 흐린 하늘의 구름들은 식어버린 카푸치노의 밀크 폼처럼 흩어져 있었다. 어느새 나보다 앞장서 있던 성훈이 걸음을 멈추고 물은 것은 우리가 다시 도쿄타워를 정면에 놓고 있을 때였다.

"다음엔 도쿄타워에 올라가볼까?

그러더니 잠시 후 이렇게도 말했다.

"우리 그땐 여긴 못 올라와봤는데."

"응, 그러게."

그렇게 말하고 나자 오 년 전엔 우리가 정말 그 어느 건물 꼭대기에도 올라가지 않았구나, 하는 생각이 들었다. 첫날 이후 하루 대부분을 호텔에서 보냈으므로 가이드북에서 제안하는 필수 관광 명소의 절반 정도에는 발을 디디지도 못했으니까. 섹스를 하고 난 후, 곯아떨어져 잠들어 있는 성훈을 보노라면 세상이 이미 경이로 충일해 어디에도 오를 필요가 없었으니까. 성훈은 자다가 가끔씩 인상을 썼는데 내가 미간에 손가락을 가져다 대면 잠결에도 인상을 폈다. 그렇게 부드럽게 흐릿해지는 그의 얼굴 위의 주름들을 볼 때면 내 안에 차오르던 환희는 얼마나 깊고 놀라운 것이었는지.

내가 뒤처지는 줄도 모르고 성훈은 다른 관광객들 틈에 섞여 이미 먼 곳으로 가고 있었다. 나는 그런 성훈의 익숙한 뒷모습을 바라보며 천천히 걸었다. 얼마의 시간이 흘렀을까? 발밑의 빌딩들에 하나둘 불이 켜지기 시작하자 성훈이 걸음을 멈추고 나를 불렀다.

"이리 와서 봐봐, 해가 진다."

나를 향한 성훈의 미소는 친숙하고, 나는 그것에 호의가 담겨 있음을 알고 있었다.

"응, 갈게."

하지만 나는 가지 않는다.

가지 않고 그 자리에 그대로 서서 해가 저무는 창밖을 바라
본다. 다음이란 얼마나 쓸쓸한 말인가 생각하면서, 밤의 자락
처럼 서서히 다가오지만 돌이킬 수 없음을 돌연 깨닫게 만드는
어떤 끝들에 대해 생각하면서.

비포 선라이즈

에어비앤비 사이트에서 처음 그 아파트를 보았을 때 영미의
마음에 든 것은 창이었다. 거실 한쪽 벽에 커다랗게 나 있는
창. 집에 대한 상세 설명이 기입된 칸에는 '에펠탑 뷰'라고 쓰여
있었다. 에펠탑이 보인다니! 친구들과 일 년 동안 아르바이트
한 돈을 모아 배낭여행을 떠났던 스물한 살 때, 에펠탑 앞에서
사진을 찍었던 기억이 영미의 머릿속에 떠올랐다. 그때는 돈이
없었기 때문에 손바닥만 한 창문조차 없는 작은 도미토리에서
여섯 명이 방을 나눠 써야 했지만, 이제 영미는 직장인이었고
에펠탑이 보이는 창이 딸린 1.5룸을 구할 정도의 경제적 여유
는 있었다.

영미는 무엇보다도 스스로 번 돈으로 엄마에게 파리를 보여

줄 생각에 들떠 있었다. 엄마는 파리는커녕 해외 어디에도 여행을 가본 적이 없었으니까. 아버지가 오 년 전 간암으로 갑작스럽게 돌아가셨을 때, 발인을 마치고 돌아온 그다음 날 영미는 적금 통장을 하나 만들었다. 은행 사이트에서 우연히 발견한 기능을 활용해 영미가 달아둔 그 계좌의 별명은 '엄마 파리 여행'이었다. 대학을 졸업할 때까지는 용돈을 벌어 쓰느라 취업한 이후에는 학자금 대출을 갚느라 아버지에게 여행을 한 번도 시켜드리지 못한 이유야 언제나 많았지만, 막상 아버지가 돌아가시자 영미는 그 모든 것들이 핑계에 불과했다는 것을 깨달았다. 그녀는 딱 한 번뿐이었지만 대학 시절 학과 친구들과 갔다 온 유럽 4개국 여행과 취업한 이후 애인과 다녀왔던 푸켓 여행을 떠올리며 알 수 없는 죄책감과 회한에 잠겼고, 엄마라도 반드시 유럽을 보여드려야겠다고 결심했다.

유럽의 하고많은 나라들 중에서 프랑스, 그중에서도 파리와 도빌을 여행지로 결정한 것은 영화 〈남과 여〉 때문이었다. 상주에서 조그만 사과 과수원을 하는 조부모 밑에서 오남 이녀 중 맏딸로 태어난 탓에 대학을 포기하고 여상에 가야 했던 엄마.

그런 엄마가 대학 다니는 동생들의 학비를 벌고자 대구의 한 간판 회사에서 경리로 일하던 시절, 〈남과 여〉를 극장에서 보고는 프랑스에 막연한 동경심을 품어왔다는 것을 영미는 익히 들어 알고 있었다. 프랑스로 단둘이 여행을 떠나자고 말을 꺼냈을 때, 엄마는 얼마나 환히 웃었던가. 엄마가 피곤할까 봐 가격이 조금 더 비싼 직항 항공권을 결제하면서도 영미는 자신이 엄마의 오랜 소망을 이뤄줄 수 있는 사람이 되었단 것이 기쁘기만 했다.

그들은 8월의 어느 월요일에 떠났다. 영미가 계획한 것은 파리에서 4박을 하고 도빌에서 2박 후 다시 파리로 돌아오는 일정이었다. 도빌에서 바로 샤를드골 공항으로 가지 않고, 귀국편 비행기에 오르기 전 파리에서 하룻밤을 더 자기로 결정한 것은 영미가 엄마를 배려해서였다. 영미는 이번 여행에서 엄마를 무조건 행복하게 해주고 싶었고, 엄마에게 감동을 선사할 의욕에 가득 차 있었다.

한껏 부풀어 올랐던 영미의 마음이 조금씩 가라앉기 시작한 것은 대체 언제부터였을까? 영미는 의식하지 못했지만 어쩌면 시작은 엄마가 호텔에 묵지 않겠다고 말한 순간부터였을지도 모른다. 모처럼의 여행이니까 엄마에게 좋은 호텔에서 숙박하는 호사를 누리게 해주고 싶었던 영미의 마음을 모르는 사람처럼 엄마는 호텔같이 비싼 곳에서 잘 거면 아예 여행을 가지 않겠다고 자꾸만 고집을 부렸다. 그렇지만 호텔 대신 1.5룸짜리 에어비앤비를 예약할 때까지만 해도 영미는 딸의 돈을 허투루 쓰고 싶어 하지 않는 엄마의 마음을 이해하고 싶었다. 어렸을 때부터 한 사람의 몫을 해야 한다고 생각하며 큰 탓인지, 아버지가 돌아가신 이후 엄마는 무엇이든 가리지 않고 일을 했다. 초등학생 등하교 도우미에 인근 연구소의 구내식당에서 설거지 알바를 하던 엄마는 최근 들어서는 집에서 마늘이나 밤을 까고 박스를 접는 부업까지 했다. 공무원이던 아버지의 연금이 있으므로 그렇게까지 고생할 필요는 없는데도 쉬지 않고 일하는 엄마를 떠올릴 때면 영미는 안타까운 심정이 되었고 돈을 벌어 엄마를 호강시켜주고 싶은 마음이 샘솟곤 했다. 하지만 밤 아홉 시가 가까운 시간에 그들이 예약해둔 숙소에 도착하자마자, 쉬지도 않고 수건을 적셔 아파트의 바닥을 닦아대는 엄마를 보는 순간 영미의 마음속에는 짜증이 치밀었다.

"이미 다 청소 되어 있는 거야."

"그걸 어떻게 믿니. 게다가 여기 사람들은 신발 신고 집에 들어온다며."

엄마는 영미 쪽은 쳐다보지도 않고 수건의 물기를 짜며 말했다. 한국으로부터 끌고 온 엄마의 커다란 트렁크는 아직 열리지도 않은 채 거실 한복판의 커다란 창 앞에 그대로 놓여 있었다. 에펠탑 뷰라더니 틀린 말은 아니었지만, 에펠탑은 5층 아파트 거실에서 내려다보면 아주 먼 곳에 겨우 손톱만 하게 비칠 뿐이었다.

영미가 고심해서 계획한 첫날 일정은 이런 것이었다. 숙소 앞 빵집에서 크루아상을 사서 아침을 여유롭게 먹은 후 에펠탑을 보러 갔다가, 점심 식사를 한 후에는 유람선 위에서 센강의 풍경을 즐기고, 저녁이 되면 개선문이 보이는 샹젤리제 거리에서 식사를 하는 것. 그 정도라면 장거리 비행을 하고 난 엄마에게

PARIS

큰 부담이 되지 않으면서 파리에 온 기분을 만끽하게 해줄 수 있는 스케줄로 적절할 것 같다고 영미는 생각했다. 엄마가 여유롭게 파리의 낭만을 즐기고 그런 시간을 마련해준 딸의 존재에 감동한다면, 그것만으로 거금을 들여 엄마와 여행을 떠나온 것이 조금도 아깝지 않을 것 같았다.

하지만 여행은 영미가 상상했던 것과 전혀 다른 방식으로 전개되고 있었다. 영미는 전망대에 올라가 파리 시내를 엄마와 내려다볼 생각이었지만, 엄마는 파리에 언제 또 올지 모르는데 줄을 서느라고 시간을 낭비하느냐며 에펠탑 앞에서는 사진 한 장만 찍고 이동하면 충분하다고 우겼다. 그러고 나서는 유람선을 타는 것은 돈 낭비라며 그냥 강변을 걸으면 되지 않겠냐고 하더니, 영미의 성화에 못 이기는 척 유람선을 탄 이후에는 중국인 단체 관광객들에 둘러싸여 있으니 여기가 프랑스인지 중국인지 알 수가 없지 않느냐며 영미의 신경을 건드렸다.

결국 영미의 계획대로 그들은 저녁 식사를 하기 위해 샹젤리제까지 가긴 했지만, 개선문이 보이는 노천 레스토랑의 분위기를 즐길 여유 같은 것은 이미 영미에게서 사라져 있었다. 엄마가 음식이 비싸다고 또 타박하지는 않을지 전전긍긍하는 마음이 되었고, 웨이터가 빨리빨리 오지 않는다며 불만을 표하거나 식탁 아래로 날아드는 비둘기를 보며 비둘기가 얼마나 더러운 동물인줄 아느냐고 말할 때면 영미는 가뜩이나 시차 때문에 피로한 몸이 두 배로 무거워지는 느낌을 받았다.

앞으로 남은 닷새 동안 엄마랑 싸우지 않고 잘 다닐 수 있을까? 영미는 그런 걱정을 하며 잠자리에 누웠다. 엄마의 코 고는 소리만 나지막이 들리는 방 안은 어둡고 조용했다. 영미는 침대 위에 누운 채 엄마와 별것도 아닌 일로 자주 다투던 방학들을 떠올렸다. 대학에 입학한 이후 홀로 자취방을 얻어 살고 있던 영미는 방학 때마다 본가로 내려갔지만 보름도 채 지나지 않아 기차표를 다시 알아봐야 했다. 엄마와 집에 붙어 있다 보면 감정 상하는 일이 허다했기 때문이다. 화장실 나올 때는 불을 꺼라, 현관 앞에 신발을 벗어놓았으면 정리를 해야 하지 않냐, 물 마신 사람 따로 있고 씻는 사람은 따로 있는 줄 아냐. 끝없이 이어지던 엄마의 잔소리들. 엄마와 떨어져 산 시간이 길어지면서 잊고 살았을 뿐, 엄마와 자신은 뼛속까지 완전히 다른 사람들이었다는 사실을 영미는 새삼 기억해냈다. 엄마는 왜 이렇게 내 마음을 모르는 걸까? 자신이 짠 완벽한 계획을 엄마가 그저 잘 따라주기만 했더라면. 엄마는 다음 날도 그다음 날도, 하나라도 더 많은 관광지 앞에서 인증 샷을 찍어야 본전을 뽑는 거라며 빨리빨리 이동하자고 할 게 분명했다. 여행을 준비하며 수없이 머릿속에 그려보았던 엄마와의 평화롭고 한가로운 한때를 떠올리자 영미는 허망한 마음에 눈물이 날 것만 같았다. 영미는 쉽게 잠을 이루지 못하고 어둠 속에서 뒤척였다. 방 안을 감도는 푸르스름한 어둠이 어딘지 조금쯤은 냉랭하고 우울한 빛깔이라고 생각하면서.

가까스로 잠든 영미의 눈이 다시 떠졌을 때는 아직 해가 나지 않은 새벽이었다. 시차 탓에 엄마 역시 잠이 깬 것인지 옆자리는 비어 있었다. 다시 잠을 청해보려고 노력했지만 시간이 갈수록 졸음은 점점 더 멀리 달아났다. 하는 수 없이 영미는 자리에 일어나 앉았다. 엄마는 왜 안 들어오는 걸까? 영미는 침대에 걸터앉은 채 마른세수를 했다. 화장실에 간 걸까? 영미는 천천히 몸을 일으켜 슬리퍼를 꿰어 신었다.

"엄마 뭐 해?"

엄마는 창가와 가까운 소파에 작은 램프를 켜고 앉아 있었다. 누군가 말을 걸 거라고 생각하지 못했는지 엄마는 영미의 목소리에 소스라치게 놀란 얼굴로 바라보다가 갑자기 웃음을 터뜨렸다.

"잠이 안 와서, 해 뜨는 거나 보려고 기다리고 있지."

엄마가 말했다.

"해가 언제 뜰 줄 알고?"

"곧 뜨지 않겠냐?"

엄마는 가이드북을 손에 들고 있었다. 영미가 포스트잇까지 붙여가며 여행 정보를 빼곡히 적어둔 그 가이드북이었다.

"뭘 읽고 있어?"

영미가 엄마의 건너편 소파에 앉으며 물었다. 엄마가 읽고 있던 페이지에는 〈남과 여〉의 배경이 되는 도시라는 설명과 함께 흑백의 아누크 에메와 장 루이 트린티냥의 얼굴이 담긴 영화 포스터가 실려 있었다.

"우리가 며칠 있으면 정말 도빌에 간다는 게 실감이 안 나."

엄마가 말했다.

"너희 아빠도 같이 가면 참 좋아했을 텐데."

"아빠도 그 영화를 좋아했어? 의외네."

아빠 생각을 하자 슬퍼져서 영미는 애써 밝은 목소리로 물었다.

"그럴 리가 있냐. 너희 아빠가 어디 영화 같은 거 보는 사람이었냐."

엄마가 웃으면서 대답했다. 영미는 조용히 스마트폰을 켜고 〈남과 여〉의 주제곡을 검색해 재생했다. 흑백의 바닷가를 배경으로 저 멀리에서 달려와 서로 부둥켜안는 남녀 주인공의 모습이 반복되는 동안 익숙한 멜로디가 흘러나왔다.

"아, 이거 어렸을 때 코미디 프로그램에서 나왔던 음악인데."

머리를 맞댄 채 박자에 맞춰 눈을 깜박이던 남녀 코미디언. 이내 엄마, 아빠와 함께 거실에 모여 앉아 수박이나 단감 같은 것을 깎아 먹으며 텔레비전을 보던, 나른한 토요일 저녁 풍경

이 떠올랐다.

"아니, 너는 이걸 듣고 어떻게 코미디를 떠올리냐. 이게 얼마
나 낭만적인 영화인데."

엄마는 눈을 반짝이며 비 오는 어느 저녁 아누크 에메와 장
루이 트린티냥이 같이 자동차를 타고 달리는 장면에 대해서
묘사했다. 어색함과 설렘이 빗물을 타고 번지는, 사랑이 싹트는
순간에 대해서.

"엄마는 아빠 어디에 반했어?"

영화 이야기를 가만히 듣고 있던 영미가 불쑥 물었다. 엄마
는 별걸 다 물어본다는 듯이 눈을 흘기고는 부끄러운 듯 책장
쪽으로 눈을 떨궜다. 그러더니 영미가 멈춰버린 배경음악을 다
시 재생하려고 스마트폰의 홈 버튼을 누를 때 이야기를 시작
했다.

"그날도 비가 오는 날이었어."

아빠가 만나달라고 하도 졸라 처음으로 데이트를 했던 날에
도 비가 내렸다고 엄마는 말했다. 갑작스러운 폭우가 어찌나
거세던지, 우산을 써도 속수무책 옷이 젖었다고. 저녁 내내 아

빠가 샌님처럼 굴어 안 그래도 얼른 집에만 가고 싶었는데, 비까지 퍼부어대니 최악의 데이트였다고 엄마는 덧붙였다. 이보다 더 나쁜 데이트는 없을 거야, 라고 생각하며 걷는데, 더 나빠질 수 있다는 것을 증명하기라도 하는 것처럼 일이 터졌다. 비에 젖은 탓에 엄마의 하나뿐인 낡은 구두의 밑창이 떨어져버린 것이다.

"그때 니네 아빠가 문방구에 뛰어가 빨간 고무줄을 하나 사가지고 와서는 내 신발 밑창을 묶어주더라고."

엄마가 아빠와 더 만나보기로 마음을 먹은 것은 바로 그때였다. 비에 홀딱 젖은 아빠가 무릎을 꿇고 앉아 엄마의 신발에 고무줄을 감아 묶어주었을 때. 그리고 그로부터 오 분 뒤 아빠는 엄마와 결혼을 결심했다. 아빠가 묶어준 신발을 신은 엄마가 문방구로 다시 가서 똑같은 고무줄을 사더니, 반대편 구두의 같은 위치에 빨간 고무줄을 리본 모양으로 묶고는 "이렇게 하면 짝이 딱 맞죠?" 하고 우산 속에서 가지런한 이를 드러내 보이며 웃었으므로.

"동이 트려면 멀었나 보다. 안 졸리냐. 너 안 졸리면 해 뜰 때나 좀 깨워라. 잠깐만 여기서 눈 좀 붙일게."

엄마는 졸린 듯 하품을 하며 소파에 기댔다. 영미는 소파 위에 무릎을 끌어안고 앉아 동이 트길 기다리며 아직 어두운 창밖을 응시했다. 해가 뜨길 기다리는 동안 영미의 머릿속에는 빗속의 연인이 떠올랐다. 마음에 드는 여자의 환심을 사려고 억수같이 퍼붓는 빗속을 달려 문방구에 가는 어린 남자와, 그런 남자의 젖은 등을 애틋하게 바라보는 어린 여자. 앳된 연인들 사이에 오고 갔을 미세한 파동과 숨결. 그들이 주고받았을 머뭇거리고 망설이는 몸짓 같은 것들이. 그들은 이제 하나의 우산을 쓰고 걸을 것이다. 신발 밑창이 떨어지기 전보다 조금 더 가까운 거리에서. 서로의 어깨가 부딪칠 때마다 상대의 물질성을 의식하면서. 그러다 그들은 여자의 자취방 앞에서 헤어질 것이다. 다음에 또 만날 수 있을까요? 샛노란 우산 아래서, 그들은 틀림없이 수줍은 미소를 주고받겠지.

이윽고 동이 트는지 창밖이 조금씩 환해지기 시작했다. 창이 동향으로 나지 않은 탓에 해가 솟아오르는 장관은 보이지 않았고, 에펠탑은 여전히 멀리 있을 뿐이었다. 그렇지만 여명 속에서 모습을 드러내는 파리는 아름다웠으므로, 영미는 엄마를 깨울 생각이었다.

"엄마."

하지만 영미는 결국 엄마를 깨우지 못했다. 여행 책자를 가슴에 꼭 품은 채 잠들어 있는 엄마의 얼굴을 좀 더 보고 싶었기 때문에. 영미는 엄마에게 바짝 다가가 엄마를 마주 보며 잠든 엄마의 얼굴을 마지막으로 들여다본 것이 언제였던가? 하고 생각했다. 엄마는 언제 이렇게 늙어버렸을까, 하고도. 이제 영미는 세상 그 누구도 타인을 완벽히 행복하게 해줄 수는 없다는 것을 알았지만, 그 사실로 인해 더 이상 괴롭지 않았다. 그사이 실내는 점점 더 환해졌다. 창을 타고 넘어 들어온 햇살이 엄마의 주름진 눈가를 어루만지기 시작했다. 그러자 엄마는 잠결에 눈살을 찌푸렸다. 영미가 한 번도 만난 적 없는 새침한 아가씨, 밑창이 떨어진 순간에조차 멋을 부리려고 고무줄을 하나 더 사서 양쪽 구두에 똑같이 리본을 묶는 아가씨의 얼굴을 하고서. 새벽의 빛이 간지러운 듯, 눈이 부신 듯, 귀엽게.

언제나 해피엔딩

민주는 모니터 하단에 적힌 시간을 확인했다. 아직도 퇴근까지는 시간이 많이 남아 있었다. 이틀 전 다툰 이후 감감무소식인 주호로부터는 여전히 연락이 없었다. 창문이 나 있지 않은 과사무실에서는 시간의 흐름을 전혀 느낄 수 없었다. 그녀가 행정 조교로 이 년째 일하고 있는 K대학교의 철학과 사무실은 신축했다는 문과대학 건물 7층에 위치해 있었는데, 비가 오는지 눈이 오는지 알 길이 없는 과사무실에 홀로 앉아 근무를 하다보면 민주는 건축설계사가 철학과의 존재를 잊어버렸다가 마지막에 기억해낸 게 아닐까 수군대던 사람들의 의심이 사실일 거라는 확신이 들었다. 아닌 게 아니라 철학과 사무실은 뜬금없이 중문과 교수들의 연구실에 둘러싸인 위치에, 중문과 사무실과 벽을 공유한 채 존재했다. 더구나 벽의 오른쪽을 차지하는 중문과 사무실은 철학과 사무실에 비해 두 배가량 넓었고, 한쪽 벽 전체가 통유리 창으로 되어 있어 언제나 빛으로 환했다. 그런 이유로, 민주는 건축설계사가 마지막 순간에 중문과 사무실로 예정되어 있던 공간의 한 귀퉁이에 벽을 막고 문을 내어 부랴부랴 철학과 사무실을 만든 것 같다는 사람들의 의심이 틀림없는 사실일 거라고 생각하곤 했다.

철학과 대학원생이나 교수들은 과사무실의 위치에 불만을 품거나 심지어 때로는 모욕감을 표현하기도 했지만, 민주는 크게 개의치 않았다. 업무 때문에 철학과 교수들의 연구실이 모여 있는 10층까지 올라가야 하는 것이 불편하기는 했으나 그뿐, 민주는 K대학교 출신도 아니었고 철학과생은 더더욱 아니었기 때문이다. 그녀가 K대학교 철학과 사무실에서 계약직 행정 조교로 일하는 것은 오로지 돈을 벌기 위해서였다. 노동력을 제공하고 그 대가로 월급을 받는 장소로서의 철학과 사무실이야 7층에 있든 10층에 있든 별다른 차이가 없었다. 민주로서는 여름이고 겨울이고 창문을 열 수도 없고 환기를 시키기도 힘들다는 사실만이 철학과 사무실에 불만스러운 점이었다.

온종일 아무도 찾지 않은 철학과 사무실의 문이 열린 것은 세 시쯤이었다. 문을 열고 들어온 사람은 박 선생이었다. 언제나 그렇듯 피곤한 얼굴을 한 채 그녀는 과사무실 안으로 들어오자마자 무거운 등산용 백팩을 테이블 위에 올려놓았다.

"오늘 교수님들 다 출근 안 하셨어요? 건물이 왜 이렇게 한산해요?"

"오늘 축제 마지막 날이라 오후 강의는 다 휴강이에요."

박 선생은 낭패라는 표정으로 테이블 앞의 의자에 털썩 걸터앉았다. 휴강 공지를 일찌감치 돌렸음에도 깜박한 것이 틀림없는 박 선생은 텅 빈 강의실에서 학생들이 오기를 기다렸던 모양이었다. 강의실까지 걸어오면서 캠퍼스 곳곳에 남아 있는 축제의 흔적들에는 관심을 두지도 않은 걸까? 박 선생이라면 정말 그랬을지도 모른다. 과사무실에 들락거리는 많은 사람들 중에서 박 선생만큼 민주의 눈에 특이해 보이는 사람은 없었다. 그녀는 언제나 누군가에게서 쫓기다 온 사람처럼 기진맥진한 얼굴이었고, 세상의 유행과는 동떨어진 차림새를 하고 다녔다. 화장을 하기는커녕 로션이나 제대로 바르는지 의심스러울 정도로 얼굴은 언제나 버짐이 피어 있었고, 정장 바지를 입은 날 농구화를 신고 오는 경우까지 있었다. 게다가 과사무실에 와서 A4용지를 한 장 빌릴 때도 돈을 지불하고야 마는 박 선생은 좋게 말하면 깔끔한 성격이었지만 실제로는 융통성이 없었고 고지식한 사람이었다. 그러니까 한마디로 말해서 그녀는 민주가 훗날 그렇게 될까 두려운 사람의 전형인 셈이었다.

나는 절대 저렇게 늙지 않을 거야. 박 선생은 모르겠지만, 민주는 거의 항상 박 선생을 마주칠 때마다 그렇게 속으로 다짐하곤 했다. 스물일곱 살이 된 이래로 민주는 매일매일 초조함이 그녀의 내면을 빠른 속도로 점령해나가는 것을 느꼈다. 고등학생 시절, 민주는 여러 가지 꿈들을 꾸었다. 대학에 가면 캠퍼스 커플이 되어보고, 아프리카로 자원봉사를 가고, 제2외국어로 배운 중국어 실력을 키워 상하이에 취직하는 식의, 조금은 허황해 보이지만 달 착륙이나 해저 탐사처럼 완전히 불가능

할 것 같지는 않은 그런 꿈들이었다. 하지만 스물다섯 살에서 스물여섯 살로 넘어가던 12월의 마지막 밤, 대학로 근처의 새로 생긴 수입 맥줏집에서 고등학교 시절을 같이 보낸 친구들과 거나하게 마신 뒤 거리를 걷다가 민주는 자신이 원했던 것을 단 하나도 이루지 못했다는 사실을 갑자기 깨달아버렸다. 민주는 여자대학에 입학했기에 캠퍼스 커플을 하지 못했고, 취업을 위한 스펙을 쌓느라 아프리카까지 갈 여유가 없었으며, 상하이는커녕 국내의 어떤 회사에도 정규직으로 채용되지 못했던 것이다.

민주는 스무 살 이후 자신이 살았던 삶이란 꿈꾸어왔던 것들을 조금씩 하향 조정하는 날들의 연속인 것처럼 느꼈다. 그러니까 상하이의 전도유망한 글로벌 기업에 다니는 커리어우먼에서, 국내 대기업의 정규직 사원으로, 그러다 결국엔 사립대학의 비정규직 행정 직원으로. 길을 잃지 않으려고 빵을 떼어 길가에 버리며 걸었다는 동화 속의 남매처럼 민주는 자신의 꿈의 디테일들을 하나씩 버리며 걸어왔지만, 자신이 삶의 어디쯤 도착해 있는지 알 수 없었고 어떤 끝으로 향하는지는

더욱 알지 못했다. 그렇게 느끼는 것은 주호의 경우도 마찬가지였을까? 몇 년째 9급 공무원 시험을 준비하는 주호는 예전과 달리 별것도 아닌 일로 날카롭게 굴었고, 민주가 자기를 떠날 거라며 끊임없이 의심했다. 어쩌면 공시생 신분을 언제 탈피할지 모르는 주호에게 청춘을 다 바치는 것이 잘하는 일인가 걱정되기 시작한 민주의 마음을 주호가 읽은 것인지도 모른다.

"차 한잔만 마시고 가도 되죠?"

박 선생이 물었다.

"그럼요."

민주는 믹스 커피를 타려고 자리에서 일어났다. 하지만 박 선생은 손짓으로 민주를 만류하더니 커다란 배낭에서 보온병을 꺼냈다. 그리고 마치 다도를 하는 사람처럼 뚜껑을 더운 물로 데운 뒤 버리더니 차를 따랐다. 텀블러도 아니고 보온병이라니. 그것은 마치 등산할 때 싸가지고 다니는 것 같은 커다란 스테인리스 보온병이었다. 그리고 박 선생은 자리에서 일어나 교사무실 한쪽 정수기 옆에 비치된 종이컵을 가져온 후 한 잔을 따르더니 민주에게 건넸다.

"한잔 마셔요. 몸이 따뜻해져요."

민주는 엉겁결에 차를 가득 따른 종이컵을 받았다. 맑은 연
둣빛의 차는 적절한 시간 우린 것처럼 완벽하고 깔끔한 맛이
었다.

"차가 맛있네요."

"그쵸? 녹차는 70도로 식힌 물에 딱 일 분 삼십 초만 우려야
맛이 있어요. 더도 덜도 말고 딱 일 분 삼십 초요."

박 선생이 평소와 달리 조금은 달뜬 톤으로 맞장구를 쳤다.
민주의 머릿속에는 박 선생이 타이머를 들고 차를 우리는 모습
이 떠올랐다. 박 선생은 그러고도 남을 사람 같았다.

"시간이 갑자기 생겨버렸으니 뭔가 재미난 일을 해야 할 것
같은데 뭘 하면 좋을지 모르겠네."

박 선생은 차를 호로록 마시며 혼잣말도 아니고, 그렇다고
혼잣말이 아닌 것도 아닌 문장을 내뱉었다. 뭐라고 답을 해야
할지 몰라 민주는 그냥 휴대전화의 전원 버튼을 눌렀다. 주호
는 아직도 연락이 없었고 이번에는 박 선생이 분명히 민주를

향해 말을 걸었다.

"조교님은 오늘 뭐 하려고 했어요?"

"저는 영화를 볼 생각이었어요."

"요즘 재미있는 영화 뭐가 있어요?"

하지만 정말 오늘 영화를 볼 수 있을까? 민주는 주호와 보기로 했던 영화를 떠올렸다. 우리는 이대로 헤어지는 걸까? 서로의 삶에 아무런 접점도 없는 사람들이 되어. 주호와 다정했던 날들이 민주의 머릿속을 스쳤다. 공무원 시험 준비를 주호가 시작한 지 얼마 안 되었을 무렵, 노량진으로 주말마다 그를 찾아가 구청의 화단 벤치에 앉아 함께 볕을 쬐며 이천 원짜리 커피를 마신 기억 같은 것들. 트레이닝복 차림을 한 주호의 메마른 입술에는 하얀 각질이 일어 있었지만 깍지 낀 손은 부드럽고 말랑했다. 그것들은 나름대로 정말 좋은 날들이었지만, 언제까지 이대로는 불안했다. 민주가 그런 생각에 빠져 있는데, 박 선생이 다시 입을 열었다.

"영화관 안 간 지 진짜 오래됐네. 정말 영화나 보러 갈까 봐요. 예전에 대학 졸업하고 영화관에서 아르바이트할 때는 영화를 참 많이 봤는데."

"선생님이요?"

영화관 아르바이트라니. 그 말을 듣자, 너무 당연하지만 박 선생에게도 젊은 시절이 있었구나, 하는 실감이 났다.

"네, 검표를 하고 안내하는 일이었어요."

민주는 유니폼을 입고 상영관을 안내하는 이십 대 초반의 그녀를 쉽게 상상할 수가 없었다.

"그 아르바이트를 하면 가장 좋은 점이 뭔지 알아요?"

"공짜 영화를 볼 수 있었나요?"

장점이 무엇인지 크게 관심은 없었지만 민주는 대화를 이어 나가기 위해 질문했다. 그러자 박 선생은 고개를 저었다.

"아니요. 그것도 그렇지만 모든 영화의 결말을 미리 본다는 점 이었어요. 영화가 끝나면 문을 열고 손님들에게 출구를 안내해 야 하니까 끝나기 직전 상영관 안에 먼저 들어가야 했거든요."

"결말을 미리 알면 나쁜 거 아니에요?"

민주가 의아하다는 듯이 물었다.

"그 시절에는 뭐가 그렇게 인생에 불안한 게 많던지, 영화만

이라도 결말을 미리 알고 싶더라고요. 그러면 나는 해피엔딩인 영화만 골라 볼 수 있잖아요."

그리고 박 선생은 사무용 책상 위에 올려놓은 민주의 빈 종이컵을 가져가 다시 우아하고 절도 있는 동작으로 차를 한 잔 더 따랐다. 그러고는 보온병 뚜껑을 티슈로 쓱쓱 닦더니 야무지게 돌려 닫았다. 민주는 박 선생이 보온병을 커다란 백팩, 세상의 온갖 잡동사니와 책이 다 들어 있을 것처럼 불룩한 백팩 속에 테트리스의 마지막 블록을 넣듯이 능숙하고도 정교하게 쓱 밀어 넣는 과정을 가만히 지켜보았다. 그리고 작은 소리로 물었다.

"……괜찮아지나요?"

박 선생이 무슨 말인지 못 알아들었다는 표정으로 쳐다보며 민주의 책상 위에 차가 담긴 종이컵을 다시 올려놓았다.

"그 시기만 지나면 그런 불안한 마음은 괜찮아지나요?"

민주의 질문에 박 선생은 아무런 말없이 웃더니, "엔딩이 어떻든 누군가 함부로 버리고 간 팝콘을 치우고 나면 언제나 영화가 다시 시작한다는 것만 깨달으면 그다음엔 다 괜찮아져요"

하고 말했다. 그리고 박 선생은 커다란 배낭을 다시 둘러메더니 과사무실의 문을 열고 아무도 다니지 않는 복도 쪽을 향해 유유히 걸어 나갔다.

박 선생이 나가고 민주는 자기 자리에 앉아 또각또각 멀어지는 박 선생의 발소리를, "땅" 하고 울리는 엘리베이터 신호음을, 복도에 적막이 다시 차오르는 소리를 가만히 들었다. 엔딩이 어떻든 언제나 영화가 다시 시작한다니? 민주는 휴대전화의 버튼을 꾹 눌러 메시지가 와 있는지 확인했다. 그러고 보면 박 선생도 연애를 해봤겠지? 종이컵을 만지작거리면서 민주는 연애하는 박 선생이 있는 과거나, 주호와의 관계가 끝난 이후 변해버렸을 그녀의 미래를 상상해보려 했지만 어느 쪽도 잘 그려지지 않았다. 그 대신 민주의 머릿속에 떠오르는 것은 박 선생의 웃음이었다. 그전까지는 민주가 발견하지 못했던, 체념에 얼룩지지 않은 것 같은 말간 웃음. 그렇게 땅거미가 내려앉기 시작했으나 창이 없어 풍경의 변화를 짐작할 길 없는 과사무실에 앉아 민주는 잠깐 동안 무언가를 골똘히 생각했다. 그리고 잠시 뒤, 영원히 오지 않을 것 같은 끝에 대해 생각하기를 멈추고 다만 여기, 여기의 온기에 집중하기 위해 아직은 따뜻한 차를 마셨다.

여행의 시작

　등받이를 세우고 창을 열어달라는 스튜어디스의 말에 그는 잠에서 깼다. 어둑어둑했던 비행기 안은 어느새 환하게 밝혀져 있었고 곤히 잠들었던 사람들은 일어나 선반 위에 가방을 올려놓거나 하품을 하면서 마른세수를 했다. 그의 옆에 앉은 젊은 부부 역시 부산하게 내릴 준비를 했다. 젊은 아빠가 일어나 선반에서 무언가를 올리고 내리는 사이 잠에서 깬 어린아이는 울음을 터뜨렸다. 젊은 엄마는 당황한 얼굴로 "쉿" 하면서 아이를 얼렀다.

　"베시넷 좌석이 이미 예약이 다 되어 있었어요."

　돌이 갓 지나 보이는 아이를 장거리 비행 내내 번갈아 안고 있던 젊은 부부가 안쓰러워 말을 붙였을 때, 남자는 답했다.

"불편하시죠? 죄송합니다."

그는 고개를 저었다.

"귀엽네요."

그는 아기의 포동포동하고 부드러워 보이는 팔뚝과 무언가를 원하는 듯 자면서도 오물거리는 연분홍 입술이 정말 귀엽다고 생각했다. 젊은 부부는 아기가 울 때마다 혹은 갑자기 소리를 지르거나 버둥댈 때마다 그에게 죄송하다며 고개를 숙였다.

"괜찮아요."

예의가 바른 젊은이들. 지쳐 보이는 아이의 엄마는 그의 딸 또래 같았다. 미주가 아이를 낳으면 저렇게 예쁠 텐데. 직장암이던 아내는 언젠가 딸이 낳을 아이를 보지 못한 것을 가장 아쉬워했다. 아내가 세상을 떠난 것은 반년 전의 일이었다. 의사는 비교적 젊은 나이라 진행이 빨랐다고 건조하게 말했다. 비교적 젊은 나이라니. 그는 아내가 떠난 이후 그 말이 주는 무책임한 모호함에 대해서 자주 생각했다. 의사들이 내뱉을 줄 아는 말이란 책임을 회피하기 위해서인 듯 언제나 불분명했다. 아내가 입원했을 때 병간호를 한 것은 그였다. 연변에서 온 간병인과 번갈아서이긴 했지만 그는 간이침대에서 잠을 자고, 각질이 일어나는 아내의 다리를 물수건으로 닦아주고, 음식물을 떠서 아내의 입에 넣어주었다. 그럴 수 있었던 것은 아내가 암에 걸린 것이 그가 삼십여 년간의 교직 생활을 마치고 정년퇴임한 이후였기 때문이다.

자신의 상태가 아주 심각해지기 전까지는 병에 대해 유학 중인 딸에게 말하지 않기를 아내가 원했기에 뒤늦게 소식을 듣고 딸이 부랴부랴 귀국했을 때 아내는 이미 근육을 모두 잃은 상태였다. 탈진하고 비쩍 마른 엄마의 모습을 보며 딸은 숨이 넘어갈 듯 울었다. 그의 아내는 봄이 시작할 무렵에 죽었고, 그는 혼자 집에 남았다. 학업 때문에 다시 프랑스로 돌아가야 하는 딸을 공항에 바래다주고 텅 빈 집의 현관문을 열었을 때야 비로소 그는 아내가 더 이상 세상에 없음을 절감했다. 미처 정리하지 못해 현관 앞에 아직 남겨져 있던 아내의 슬리퍼, 아내가 집 앞 슈퍼마켓에 갈 때나 외출하는 그를 배웅하기 위해 주차장에 내려올 때 신던 굽 없는 슬리퍼 한 짝에 그는 슬그머니 손을 집어넣어 보았다. 키가 160센티미터도 안 되던 아내의 발은 터무니없이 작았고 슬리퍼에는 온기가 전혀 남아 있지 않았다. 그는 그날 밤 온 집 안의 형광등과 텔레비전을 켜놓고 안방 대신 거실 소파에 누워 잠을 잤다. 물론 아내를 잃은 이후 그가 새롭게 익숙해져야 하는 것이 적막과 어둠뿐만은 아니었다.

비행기가 하강하기 시작하면서 그는 기압 차로 귀가 먹먹해져오는 것을 느꼈다. 아기는 고통스러운지 더욱 크게 울고 뒷좌석의 누군가는 연신 헛기침을 했다. 젊은 여자는 피곤한 기색이 역력한 얼굴로 아이를 품에 꼭 안고 있었다. "그만 좀 울어." 아이 엄마가 애원하듯 속삭이는 소리가 그의 귀에 들렸다. 그는 울음소리에 귀가 아팠지만 어쩔 줄 몰라 하는 젊은 여자와 남자가 안쓰러웠으므로 싫은 내색을 하지 않았다. 얼굴에 조금이라도 드러날지 모르는 불편한 기색을 감추려고 타원형의 창에 이마를 대고 밖을 내다보며 그는 오래전 처가 식구들과 모여 춘천에 놀러 갔던 어느 겨울, 두 돌 정도였던 딸아이가 갑작스러운 열경련으로 울음을 터뜨리며 의식을 잃었던 때를 떠올렸다. 어린 딸의 체온을 내리려고 물수건으로 아이의 뜨거

164

운 몸을 계속 닦아주던 젊은 아내와 119가 오기를 기다리며 초조하게 창밖을 내다보던 젊었던 자신을. 활주로가 가까워질수록 창밖의 조그마한 건물들이 점점 커졌다. 기장은 파리 현지 시간이 오후 여섯 시 이십 분이고 바깥은 섭씨 30도의 맑은 날씨라고 말했다. 오후 여섯 시가 넘었다는데도 밖은 대낮처럼 환했다. 비행기는 예정된 시간보다 삼십 분도 더 넘게 빨리 도착한 셈이었다.

아내를 잃은 이후 그가 가장 곤혹스러웠던 순간은 하루에 세 번씩 찾아오는 식사 시간이었다. 처음 며칠 그는 식당에서 끼니를 해결하다가 나중에는 혼자 밥을 지은 뒤 단지 내 상가의 반찬 가게에서 산 밑반찬을 꺼내놓고 먹었다. 얼마 후 그는 슈퍼마켓에 가면 이미 재워둔 제육볶음용 돼지고기나 닭갈비용 닭고기를 판다는 것을 알게 되었다. 가끔은 딸이 비닐봉지에 소분해 얼려두고 간 곰탕이나 된장국을 전자레인지에 데워 먹기도 했다. 집안일은 해본 적이 없었지만 그는 집을 폐허처럼 만들지 않으려고 청소기를 돌리고 설거지하기 시작했다. 그

렇지만 화장실 청소만큼은 좀처럼 익숙해지지 않았다. 목욕을 좋아하는 그를 위해 일요일마다 더운물을 받아주고 더러워진 욕조를 수세미로 닦아내던 것은 아내였다. 일주일에 한 번씩 가사도우미를 부르면 모든 문제가 해결되지는 않을까? 쭈그리고 앉아 욕조나 타일을 닦으며 어느새 노쇠해져버린 자신의 육체를 실감하는 밤이면 그는 그가 다달이 받는 연금과 은행 잔고를 가늠해봤다.

아내가 떠난 후에도 그는 가능한 한 아내가 병들기 전의 일상을 유지하려고 노력했다. 매일같이 등산복 차림에 모자를 눌러쓴 채 종로 일대에 나가 사람들을 만났고 저녁에는 집에 돌아와 뉴스를 본 후, 오래전 그가 학생들에게 가르치던 롱펠로나 프로스트의 영시들을 뒤적이다 잠들었다. 그는 프로스트를 특히 좋아했는데 아내에게 「자작나무 타던 시절」이나 「눈 내리는 저녁 숲에 서서」 같은 시들을 암송해 들려주던 날들도 있었다. 그는 새로운 생활에 차차 익숙해지는 것 같았다. 그러나 그러던 어느 날, 그는 그동안 해온 노력을 그만두고 싶다는 충동에 별안간 사로잡혔다. 친구를 만나고 돌아와 옷을 갈아입다가 온종일 뒤집힌 팬티를 입고 다녔다는 사실을 발견했기 때문만은 아니었다. 그는 자신이 언제까지 텅 빈 집에 혼자 들어와 아무와도 이야기를 하지 않고 잠들어야 할까를 생각하니 참을 수 없을 만큼 외로워졌다. 그는 찬장에서 소주를 꺼내어 조미김을 안주 삼아 마셨다. 반병만 마실 계획이었지만, 어느새 한 병을 다 비우고 나자 그는 자기에게 아직 남은 가족이 있는데 이렇게 홀로 남겨져 있다는 사실이 억울했다. 잠자리에 누운 그의 머릿속으로 딸이 자신에게 올 수 없다면 그가 딸에게 가면 되는 것이 아닌가 하는 생각이 든 것은 아마 그 때문이었을 것이다. 단기간 프랑스에 가려면 따로 비자를 발급받을 필요가 없었으므로 그는 다음 날 바로 여행사에 가서 국적기 항공권을 당장 구매했다. 모처럼 여행을 떠날 생각에 그는 아내가 떠난 이후 처음으로 설레는 기분을 느꼈다.

비행기에서 내린 그의 눈에 가장 먼저 띈 것은 낯선 언어가 적힌 표지판과 벽면 광고였다. 명찰을 단 백인 여자와 흑인 여자를 보자 그는 정말 다른 나라에 와버렸구나 하는 실감이 났다. 그는 국적기에 타고 있던 수많은 한국인을 뒤따라가서 입국 수속을 밟았다. 멀리, 옆자리에 앉았던 젊은 부부가 보였다. 입국 수속 후 그는 부부의 뒤를 쫓아 수하물 찾는 장소에 이르렀다.

"여기서 짐을 찾으면 되지요?"

그가 젊은 부부에게 다가가 묻자 그들은 그를 다시 보게 된 것에 놀란 듯한 표정을 잠시 짓더니 이내 그렇다고 답하며 그에게 옆자리를 내어주었다. 그는 인천 공항에서 받아 왔던 짐표를 손에 꼭 붙든 채 비슷비슷한 모양과 색깔의 트렁크들이 빙글빙글 돌고 있는 이동식 벨트를 주시했다.

"짐을 찾으면 저쪽으로 나가시면 돼요."

어느새 짐을 다 찾은 젊은 부부는 그에게 출구를 손끝으로 가리켰다.

"따님이 마중 나올 거라고 하셨지요? 비행기가 일찍 도착해 아직 안 오셨을 수도 있는데 같이 기다려드릴까요?"

그는 다정하지만 피로해 보이는 부부를 번거롭게 하고 싶지 않았다.

"고마워요. 하지만 딸이 금세 올 테니까."

"오랜만에 따님을 만나니 기쁘시겠어요."

여자가 말했다. 이제 유모차 안에 뉘어진 아이는 다시 잠들어 있었다. 그는 젊은 부부와 작별의 인사를 나눈 후 캐리어 가방이 차곡차곡 쌓인 커다란 카트와 유모차를 밀면서 그들이 출구 쪽으로 사라지는 것을 지켜봤다. 공항에서 내리면 고속열차를 타고 두 시간 더 달려 국경이 인접한 도시로 내려가야 한다던 그들은 가정교육을 잘 받은 젊은이들이었고, 그는 딸만큼이나 바르게 큰 젊은 사람들이 있다는 사실에 매우 흡족했다.

그가 벨트 위를 도는 남색 캐리어를 발견한 것은 젊은 부부가 떠나고 약간의 시간이 더 흐른 후였다. 그것은 그가 아직 젊었던 시절, 처음으로 교사 연수를 떠날 때 아내와 남대문시장에 가서 샀던 남색의 낡은 가방이었다. 그러니까 그가 연수를 떠날 때마다 아내가 속옷과 양말 따위를 차곡차곡 개어 넣어주던. 그는 자신의 캐리어를 보자 창고에 처박아두었던 낡은 가방의 먼지를 털어내면서 모처럼 여행을 떠날 생각에 설렜던 기분이 되살아나는 것을 느꼈다. 그가 집을 떠난 것은 아주 오랜만의 일이었다. 아내와 장자제張家界나 후쿠오카 같은 곳에 가볼 계획을 세웠던 적은 있지만, 아내의 병이 발견되는 바람에 그들은 어디에도 가지 못했다.

짐을 찾은 후 그는 젊은 부부가 일러준 문을 통해 밖으로 빠져나갔다. 유리문이 열리자마자 도착한 사람들을 마중하려고 기다리던 수많은 외국인의 얼굴과 낯선 언어가 사방에서 쏟아졌다. 누군가의 이름이 적힌 종이를 들고 있는 남자들, 손짓을 하거나 소리를 지르며 누군가를 부르는 사람들의 틈바구니 속에 딸의 얼굴은 보이지 않았다. 그는 예정 시간보다 비행기가 일찍 도착했기에 딸이 아직 공항에 오지 못한 것일 거라는 사실을 이해했고, 머지않아 딸이 그를 찾으러 올 거라는 사실 또한 알고 있었다.

그는 덩치 큰 백인들 사이를 비집고 빠져나왔다. 그러자 한쪽에 서 있던 중국인들 중 누군가가 그를 향해 큰 소리로 뭐라고 뭐라고 소리를 질렀다. 그가 무슨 말인지 알아들을 수 없다는 표정을 짓자 중국인은 도대체 그가 왜 중국어를 못하는지 이해할 수 없다는 듯이 더욱 큰 소리로 말을 걸었다. 쏟아지는 중국어에 정신을 놓고 있는 사이 지나가던 흑인이 그에게 외국어로 무어라 말을 하며 비키라는 시늉을 했다. 그는 시끄럽게 떠들며 그의 캐리어를 차고 지나가는 사람들 때문에 짜증이 났고, 알 수 없는 비애감을 느꼈다. 가까스로 조금 한적한 구석에 다다른 그는 한숨을 쉬며 캐리어의 손잡이를 꽉 움켜쥐었다.

잠시 후, 그는 점퍼 주머니의 안쪽에서 휴대전화를 꺼냈다. 로밍이 되어 현지 시간이 뜨는 휴대전화에는 딸에게 알려준 도착 예정 시간에 가까운 숫자가 보였다. 그는 양옆을 살피며 혹시 딸이 자기를 찾고 있는 것은 아닌지 확인했다. 그는 자기가 기다릴 것을 알면서 딸이 늦을 리는 없다고 생각했고, 그렇기에 무슨 일이 일어난 것은 아닐까 다시 불안해졌다. 어려서부터 제 앞가림을 잘 해왔던 딸은 단 한 번도 부모에게 걱정을 끼친 적이 없었다. 집에 경제적인 여유가 있었던 것도 아니지만, 무엇보다 공립학교 교사로서 사교육을 시킬 수 없다는 그의 고

집 때문에 과외 한 번 시키지 않았는데도 딸은 서울 소재의 번 듯한 대학에 한번에 입학했다. 더구나 사 년 내내 장학금을 받 으며 대학을 다녔고, 졸업할 때는 연단에 올라 상을 받기까지 했다. 딸은 언제나 그의 자랑이었고, 그의 자부심이었다.

아니야. 그럴 리는 없지. 그는 딸을 만나기만 하면 이 모든 불 안이 해소될 것이라고 생각했다. 공항에서 두려움을 느끼다니. 그것은 바보 같은 일이었다.

사실 프랑스를 구경하고 싶어 했던 것은 아내였다. 딸이 유 학을 가겠다고 나섰을 때 반대했던 그와 달리 아내는 딸의 선 택을 지지했다. 딸이 공부하러 떠난다는 나라가 프랑스였기 때 문이다. 수녀가 되려다가 포기했다던 아내는 가톨릭 국가인 프 랑스에 대한 알 수 없는 신뢰를 가지고 있었다. 삼 년을 기약하 고 떠난 딸의 귀국이 요원해지자 어떻게 사는지 봐야겠다는 핑계를 내세워 프랑스에 가자고 성화한 것 역시 아내였다. 아내 와 달리 그는 프랑스라는 나라에 아무런 관심이 없었다.

하지만 관심이 없었다고 해서 예술의 나라며 선진국인 프랑 스로 날아오면서 그가 아무런 기대나 상상을 하지 않았던 것은 아니다. 하지만 오지 않는 딸을 기다리며 공항의 한쪽 벽에 기대어 주위를 둘러보고 있는 동안 그는 샤를드골 공항이 인천 공항보다 형편없이 작고 불빛마저 침침해 을씨년스럽다는 인상을 받았는데, 그것은 실망스러운 일이 아닐 수 없었다.

"샤를드골 공항도 별것 아니군."

그는 담배를 피우고 싶다는 생각을 하면서 그렇게 혼자 읊조렸다. 입 밖으로 그렇게 말하고 나자 불안함이 조금이나마 사라지는 것 같았다. 머지않아 딸은 그를 향해 달려올 것이고, 딸을 다시 만나기만 한다면 그는 더 이상 세상에 혼자 있는 느낌을 받지는 않을 것이었다. 그 생각에 그는 갑자기 마음이 가벼워졌다. 웅크리고 있던 어깨를 폈다.

하지만 도착 예정 시간이 한참 지나고도 딸의 모습은 보이지 않았다. 어떻게 된 일일까? 그가 아는 한 딸은 아버지를 기다리게 할 사람이 아니었다. 딸아이에게 시간 약속을 지키는 것이 얼마나 중요한지를 아주 일찍부터 가르친 것은 다름 아니라 그였다. 그것은 길거리에 버려진 쓰레기를 줍거나 한 번 쓴 휴지를 그냥 버리지 말고 접어서 한 번 더 쓰는 것처럼 그에게는 사소하지만 사람의 됨됨이를 드러내므로 중요한 일들이었다.

혹시나 딸이 자신을 발견하지 못해 어디선가 헤매고 있는 것은 아닌가 하는 생각이 든 것은 십 분쯤이 더 흐른 후였다. 그는 기둥에서 등을 떼고 딸의 모습을 찾아서 주위를 두리번거렸다. 하지만 그러고 있는 동안 그의 눈에 띈 것은 딸이 아니라 젖가슴이 절반이나 드러난 옷을 입은 채 남자와 입을 맞추고 있는 젊은 백인 여자의 모습이었다. 그는 눈살을 찌푸리며 황급히 고개를 돌렸다. 그러자 이번에는 비쩍 마른 백인 남자의 허리를 끌어안고 있는 뚱뚱한 아시아 여자가 보였다. 그는 갑자기 심장이 빠르게 뛰기 시작하는 것을 느꼈다. 오래전 망포 해수욕장에 데리고 갔던 딸이 눈앞에서 없어졌을 때와 같은 불안이 그를 덮쳤다. 딸은 그동안 이런 나라에서 살고 있었던 걸까? 역시 가족끼리 오래 떨어져 사는 것은 좋지 않았다. 아내는 프랑스가 훌륭한 나라라고 생각했지만, 그것은 아내가 한 번도 여기에 와본 적이 없기 때문이다. 이곳 사람들이 얼마나 문란한지를 아내가 미리 알았더라면. 한번 그런 생각이 들자 비행기에서 내린 이후 겪었던 불쾌한 일들이 그의 머릿속에 계속 떠올랐다. 그를 밀치고 지나가던 사람들, 그가 실수로 EU 국가 출신의 입국자들 틈에 줄 서 있을 때 짜증스러운 표정을 지으며 턱으로 다른 줄을 가리켰던 새파랗게 어린 직원, 그리고 고압적인 자세로 그에게 입국 이유를 묻던 입국심사대의 관료까지. "따님이 알려드리겠지만, 파리에 가서는 절대 휴대전화나 지갑을 뒷주머니에 넣고 다니지 마세요." 비행기 안에서 그의 옆에 앉았던 젊은 남자는 그에게 그렇게 말했다. "소매치기가 정말 많거든요." 그는 누군가 훔치기라도 하는 것처럼 남색 캐리어의 손잡이를 다시 움켜쥐었다. 여기는 부도덕한 일들이 아무렇지 않게 벌어지는 나라였고, 여기엔 딸에게 나쁜 영향을 미칠 것이 사방에 넘쳤다.

딸을 만난 것은 그로부터 이십 분 후였다. "아빠!" 인파를 뚫고 헐레벌떡 달려오는 딸의 모습을 보자마자 그는 안도감이 그의 내부에서 차오르는 것을 느꼈다. 공항까지 연결되는 급행 지하철에서 사고가 나 늦었다고 말한 딸은 숨을 고르더니 비행이 너무 피곤하지는 않았느냐고 그에게 다정히 물었다.

"하나도 피곤하지 않았다. 생각보다 편하더구나."

난기류 탓에 비행기가 자주 흔들리고, 옆 좌석의 아이가 그럴 때마다 울었기에 제대로 잠을 자지 못해 무척 피곤했지만, 그는 딸과 재회했다는 사실이 기뻐 그저 그렇게만 답했다. 프랑스라는 나라에 아무런 관심이 없는 그가 여덟 시간이나 걸려 비행기를 타고 날아온 것은 오직 그에게도 가족이 남아 있다는 사실을 확인하고 싶기 때문이었다. 그러므로 그는 다른 것들, 중요하지 않은 것, 그러니까 사소하고 부차적인 것들로 인해 재회의 기쁨을 망치고 싶지 않았다.

딸은 집으로 가려면 공항버스를 타다가 지하철을 두 번 더 갈아타야만 한다고 말했다. 그는 공항버스를 타려면 어디로 가야 하느냐고 현지인에게 유창한 외국어로 묻는 딸을 보면서 가슴속 깊은 곳에서부터 자랑스러움이 솟아났다. 딸의 안내를 받으며 에펠탑이나 루브르 궁전 같은 관광 명소들을 구경하는 상상만으로도 그는 마음이 들떴다. 평소에는 말이 없는 그가 딸에게 공항에서 그녀를 기다리며 겪었던 일들에 대해서 이야기하기 시작한 것은 그 탓이었다. 그는 예의 바르던 젊은 부부와 그들의 아기, 고압적이었던 직원과 중국인 관광객들에 대해서 말했다. 그리고 그가 마침내, 부끄러운 줄도 모르고 헐벗은 채 공항에서 입을 맞추고 남자를 끌어안고 있던 여자들에 대해서 이야기했을 때, 딸은 커다랗게 웃으며 대수롭지 않은 듯이 이렇게 말했다.

"아빠, 여기에서 그런 일은 아무것도 아니에요."

아무것도 아니라니! 그가 키운 딸은 그런 꼴사납고 외설스러운 일을 재미있는 농담이라도 되는 듯 웃어넘기는 사람이 아니었다. 이 아이도 내가 없으면 아무 데서나 남자와 입을 맞출까? 가슴을 아무렇게나 드러내놓고 수치를 모르는 사람처럼? 말도 안 되는 일이었다. "땡" 하는 신호음과 함께 엘리베이터의 문이 열렸다. 어딘가로 떠나려는 혹은 어딘가에서 돌아오는 사람들은 여전히 공항에 넘쳐났다. 다들 집을 두고 어디로 그렇게 가는 걸까? 어디선가 낯선 언어의 공항 안내 방송이 파도처럼 그를 덮쳐왔다. 사방에서는 지금껏 단 한 번도 맡아본 적이 없는 냄새가 풍겼는데, 그런 모든 것들은 자신이 지구 반대편에 있음을 실감하게 했다. 그보다 앞서 엘리베이터를 탄 딸이 무슨 일이 있냐는 듯한 눈빛으로 바깥에 서 있는 그를 쳐다보았다. 딸을 못 본 지 고작 반년의 세월이 흘렀을 뿐인데, 외국인들 틈에 서 있는 딸의 모습은 너무 낯설어 그는 고향을 잃은 사람처럼 일순 고독해졌다.

"아니다. 어서 집에 가자."

순식간에 늙어버린 그는 그의 캐리어를 꼭 부여잡고 엘리베이터 안으로 들어섰다. 길고 긴 여행의 시작이었다.

옛 연인과 거의 이십 년 만에 재회해 점심을 먹던 여름의 끝자락, 창밖으론 폭우가 쏟아졌고 우리는 비에 쫄딱 젖어 있었다. 둘 다 약속 장소인 중식당을 쉽게 찾지 못하고 빗속을 헤맸기 때문이다. 한 손엔 우산, 다른 손엔 휴대전화를 들고 지도를 보며 기껏 지인이 맛집이라고 추천해준 '칠성반점'이란 식당을 찾아왔지만 해당 주소지의 건물엔 그런 이름의 간판이 보이지 않았다. 2층에 중국식당이 하나 있긴 했지만 간판에 적힌 이름은 '차이나향'이었다. 어떻게 된 거지? 잘못 찾은 줄 알고 주변을 빙 돌아봐도 중식당은 그거 하나였다. 낭패라고 생각하며 차이나향이 있는 건물 앞에 다시 섰을 때, 창문에 쓰인 칠성반점이라는 글자가 내 눈에 들어오지 않았다면 나는 아마도 더 오랫동안 헤맸을 것이다.

"너도 식당 잘 못 찾았지?"

허름하고 가파른 계단을 올라 불빛이 침침한 식당 안에 들어섰을 때, 나보다 조금 먼저 도착해 있던 그가 나에게 웃으면서 물었다.

"대체 어떻게 된 걸까? 원래 칠성반점인데, 상호명만 바꾸신 건가?"

나는 젖은 머리를 매만지며 고개를 절레절레 흔들었다.

"오랜만에 재회했는데 둘 다 몰골이 말이 아니네."

웃음을 터뜨린 덕에 마주 앉은 우리 사이에 어색함이 파고들 틈이 생기지 않았다. 점심 시간을 살짝 비켜난 탓인지 폭우 탓인지 식당 안에 손님이라고는 우리뿐이었고, 조용한 식당 안에선 벽면에 달린 선풍기가 느리게 돌아가는 소리만 들려왔다.

나와 옛 애인은 스무 살에 만나 스물두 살까지 연애를 하다가 헤어졌다. 그는 이제 다른 여자와 결혼해 캐나다에서 아이 둘을 낳고 살고 있었다. 옛 애인과 나는 같은 과 동기이기도 해서 이별 후에도 이런저런 일로 마주친 적이 있었고 간간이 소식을 전해 듣기도 했다. 하지만 단둘이 만난 적은 한 번도 없었는데, 며칠 전 그의 연락을 받기 전까지 나는 옛 애인과 둘이 만나 밥을 먹는 날이 올 거라고는 사실 생각조차 해보지 않았다. 물론 아주 오래전에는 내게도 그를 다시 만나 묻고 싶은 것들이 있었다. 얼마나 그 마음이 간절했느냐면, 몇 년 동안이나 계절이 바뀔 때마다 꿈속에서 그를 찾아가 대답하라고 종용할 정도였다. 하지만 그것도 다 옛일일 뿐, 나는 그에게 더 이상 궁금한 것이 없었다. 그렇기 때문에 그가 전화를 걸어와 모처럼 한국에 들어온 김에 한번 만나고 싶다 말했을 때, 내가 크게 망설이지 않고 그러자고 답한 것은 내게도 의외였다. 그는 아버지의 칠순을 축하할 겸 가족과 느지막이 여름휴가를 써서 한국에 열흘 정도 다니러 왔다고 했다. 도대체 나는 왜 그를 만나려고 한 걸까? 나는 프리랜서 웹디자이너로 매일 일에 쫓기는 터라 친한 친구들과도 만나려면 몇 달 전부터 약속을 잡아야 하는 일상을 살고 있었다. 어쩌면 나도 모르는 내 마음 어느 한구석에 이제 나도 그와 밥 한 끼 쿨하게 먹을 수 있는 사람이 되었음을 증명하고 싶은 욕구가 아직도 끈질기게 남아 있는 걸까? 나는 약속 장소로 향하는 지하철 안에서 자문했다. 아니면 그가 놓친 나를 조금은 아쉬워하는 마음을 갖게 만들고 싶은 욕구라든가, 내가 아주 잘 살아가고 있음을 그에게 보이고 싶은 욕구 같은 것이. 하지만 손님 하나 없던 중국식당에서 그와 마주 앉는 순간, 나는 내가 그의 제안을 받아들인 이유가 그 모든 것들과 무관하다는 사실을 알 수 있었다.

"너 가지 좋아하지?"

그가 말했다. 마치 어제 만난 사이처럼. 우리는 내가 좋아하는 어향가지를 시키고, 그가 좋아하는 깐풍기를 시키고, 빼먹지 않고 고량주도 시켰다.

"음, 여기 진짜 맛있다."

나의 기억보다 살집이 조금 붙었고, 머리숱이 줄어든 그가 깐풍기를 집어 먹으며 말했다. 그의 말마따나 음식은 훌륭했는데, 특히 베어 물면 튀김옷이 바사삭 소리를 내며 부서지고 입안에 들어가자마자 부드럽게 녹아내리는 어향가지는 어디에서도 먹어본 적 없을 정도로 탁월했다. 맛있는 음식을 먹은 탓인지 아니면 고량주 탓인지, 그도 아니면 유리창을 두드리는 빗소리 탓인지 비에 젖었던 몸이 따뜻해지고 조금씩 나른해졌다.

"너 아직도 그러네."

그는 오래전 맛있는 것을 먹을 때면 그랬던 것처럼 여전히 입술을 앞으로 쭉 내밀었다. 그런 그를 보자 알 수 없는 그리움이 자연스럽게 밀려왔다. 창밖의 비는 조금도 잦아질 기미가 없이 계속 세차게 내렸고, 그 탓에 어둑어둑한 실내가 더욱 아늑하게 느껴졌다. 우리는 음식을 입에 넣으며 대화를 이어갔다.

"그러니까, 그 선배 기억나?"

우리가 주고받는 이야기들은 대부분 우리가 공통으로 알고 있던 선후배들에 대한 소식—이를테면 매해 들어오는 여자 신입생들에게만 찝쩍대 남자 동기들이 혐오했던 모 선배가 속도위반으로 결혼을 했다거나 맨날 당구장에서 죽치고 있던 모 후배가 목사가 되었다는 이야기 같은 것—이라든가 대학 시절의 추억담—신입생 MT를 갔을 때 술에 취한 동기 중 누구랑 누가 주먹다짐을 했다거나 동기 중 누구랑 누가 사귀었는데 남

187

자애가 군대 간 사이 여자애가 후배랑 바람이 나서 탈영하지 않았었나 하는 이야기 같은 것—이었다. 대화를 주고받을수록 우리가 함께했던 시절이 떠오르는 것은 어쩔 수 없는 일이었다. 내가 살던 하숙집 앞 골목을 서성이던 그의 모습 같은 것. 그때 우리는 스무 살이었고, 어느 가을 나는 감기에 걸려 있었다. 한밤중에 감기약을 가져다주기 위해 자전거를 타고 달려온 그는 숨이 턱까지 찬 채 가로등 아래서 나를 기다리고 있었고.

그때 우리는 이유도 없이 호프집 화장실 바닥에 주저앉아 우는 친구의 울음이 그치기를 하염없이 기다려도 시간 아까운 줄 모르던 나이였다. 별것도 아닌 일로 정의 운운하며 핏대 높이고 싸우다가도, 실연하면 쉽게 동지가 되던 나이. 마흔은 상상조차 할 수 없는 미지의 세계였고, 서른이 되기 전엔 인생이 결정되어야 한다는 생각으로 매일 조바심이 났다. 뭐든지 할 수 있다는 자신감과 아무것도 할 수 없을 것 같은 불안 사이를 휘청거리면서도 그 나이에만 허락되던 무책임과 자유를 방탕하게 누리던 날들. 그때 우린 겁도 없이 영원을 믿으며 모든 빈칸이 채워진 혼인신고서를 한 통씩 가방에 넣고 다녔는데.

비는 좀처럼 잦아들 기미가 없었다. 배가 이미 불러왔지만 캐나다로 가기 전 짬뽕을 꼭 먹어야겠다고 그가 간절하게 말하는 통에 우리는 삼선짬뽕 하나와 짜장면을 시켰다. 예전에 우리는 짜장면과 짬뽕을 시키면 반씩 나눠 먹었으므로 그에게 좀 덜어줄까 잠시 망설였지만 얼굴도 모르는 그의 아내가 생각나 나는 그냥 관뒀다. 그는 짬뽕을 본격적으로 먹기 전 홍합살을 모두 발라낸 후 조개껍데기를 식탁 위에 켜켜이 쌓았는데, 그것은 내가 그를 보지 못한 사이 생긴 습관 같았다. 그는 다 쌓더니, 그다음에는 면을 젓가락으로 국물에 풀면서 화제를 바꿔 캐나다의 연금제도와 노후 대비에 대한 이야기를 꺼냈다.

"넌 미래가 불안한 싱글의 프리랜서니까 노후 대비에 더 신경 써야겠다. 그치만 혼자 사는 게 사실 스트레스도 없고 좋긴 하지. 내 아내는 육아 스트레스가 너무 심해서 머리카락이 한 움큼씩 빠져."

비혼의 프리랜서에게도 나름의 고충은 있었지만, 나는 토를 달진 않았다.

"아이들이 몇 살이랬지?"

"일곱 살, 네 살."

"한창 귀엽겠다."

"귀엽지. 귀여운데, 아이고, 너도 나중에 길러봐라."

다시 만나자마자 비혼주의자라고 밝혔음에도 언젠가는 내가 결혼을 해서 아이까지 낳을 거라고 철석같이 믿는 그의 그런 면이 내가 알던 그답다는 생각이 들었다. 그런 생각을 하고 있는데 이번에는 그가 한국에 같이 들어온 가족들과 함께 고향의 부모님 집에 오랜만에 다녀온 일화를 꺼냈다. 그의 고향은 대구 옆에 있는 작은 도시로 포도가 유명한 고장이었는데, 고향에 대한 사랑이 각별했던 그는 우리가 사귀던 시절에도 포도를 먹을 때면 서울 포도는 포도도 아니라며 고개를 젓곤 했다.

"고향에 내려간 첫날 저녁을 다 먹고 났을 때, 어머니가 애들을 봐줄 테니 부부끼리 오붓이 시내에 나가 바람이라도 쐬라 하시더라고. 캐나다 집에서 출발할 때부터 계속 애들한테 시달렸어서 어머니의 말이 어찌나 반갑던지. 아내랑 시내에 가서 야식이라도 먹으면서 추억의 장소들을 돌아볼 생각을 하니까

신이 나더라."

그가 남아 있는 고량주를 자작하며 말을 이었다.

"근데 말이야. 아내를 아버지 차에 태워서, 시내로 차를 몰고 나가는데 정말 시내가 캄캄해도 너무 캄캄한 거야. 쥐 죽은 듯이 조용하고."

그가 빈 잔을 만지작거렸다.

"조금 더 가면 뭐가 나오겠지, 뭐가 나오겠지, 하면서 도심 쪽으로 계속 차를 모는데, 불 켜진 상점이 하나도 안 나와. 거리엔 사람 하나가 없고. 마치 유령도시처럼. 너도 와봐서 알지만 그런 도시가 아니었잖아?"

그의 말에 나는 고향에 내려간 그를 만나러 Y시에 갔던 기억을 떠올렸다. 아는 것이라곤 포도가 유명하다던 그의 고향 이름밖에 없으면서도 무턱대고 기차를 탔던 스무 살의 여름방학. 대구에서 시외버스를 갈아타고 한참을 더 간 후, Y시 시외버스 터미널에 도착해서 나는 그에게 전화를 걸었다. "나야. 아직도 너의 마음이 유효하면 너의 여자친구가 되고 싶어 왔어." 내 전화를 받고 달려오던 카고 반바지에 삼선 슬리퍼 차림의

그와, "어떻게 하지, 나는 내 인생의 모든 행운을 다 써버린 것 같아" 상기된 그의 목소리.

"나중에 알고 보니, 상권이 다 죽어서 그렇다더라고. 동네에 남아 치킨집을 하는 친구 말이 젊은 사람들이 다 대도시로 떠나버려서 돈을 쓸 사람들이 없다는 거야. 그래서 해가 지면 다 셔터 내리고 집으로 돌아가버리는 거지. 그게 덜 손해니까."

그가 쓸쓸한 어조로 말을 이었다.

"그러고 보니 거기에 남아 있는 친구들도 거의 없더라. 나도 떠나버렸으니까 할 말은 없지만. 그렇게 아내를 옆에 태우고 내가 친구들과 다니던 거리를 지나며 여기가, 내가 스쿠터를 타고 다니던 곳이야, 여기가 친구들하고 햄버거를 사 먹던 롯데리아가 있던 곳이야, 불 꺼진 건물 앞에서 설명을 하는데 정말 기분이 이상하더라고. 어딘가 한 곳이라도 불이 켜져 있으면 참 좋았을 텐데, 정말 단 한 군데도 불빛이 없었어."

나는 내가 좋아했던 그의 낮고 조금은 졸린 듯한 목소리를 들으면서 창밖을 쳐다보았다. 창 너머에서 사람들은 우산을 펼치고 어딘가로 바삐 걸어갔지만 비에 젖은 탓인지 도시의 풍경은 폐허처럼 고요했다. 예전보다 말수가 늘어난 그의 이야기를 듣는 동안, 우리가 헤어지지 않았다면 나의 것이었을지도 모르는 그의 옆자리에 앉아 검은 물감을 푼 듯한 어둠 속을 달리는 이십 대 초반의 내가 머릿속에 환영처럼 떠올랐다. 우리가 아직 함께했을 때, 그에게는 차는커녕 운전면허도 없었지만. 그때 우린 왜 그렇게 없는 것이 많았을까? 그와 사귀는 동안에도, 이별하고도 한동안 나는 내가 만약 조금 더 가진 것이 많았다면, 미모든 재능이든 박애주의자같이 넓은 마음씨든, 우리의 관계가 달라지지 않았을까 궁금했다. 만약에, 그러니까 아주 만약에, 내가 아니었다면, 더 나은 사람이었다면. 그렇다면 나는 더 사랑을 받았을까? 그때와 비교하면 지금이 훨씬 더 마음에 든다고 나는 누구에게라도 자신 있게 말할 수 있었다. 지금의 나는 더 이상 나 아닌 무엇이 되기 위해 안달할 필요가 없으니까. 이제야 비로소 나는 내가 나인 것을 온전히 좋아할 수 있게 되었으니까. 그리고 앞으로 나는 점점 더 그런 사람이 될 거라는 것을 알고 있으니까. 하지만 그의 이야기를 듣고 있자니 내가 잃어버린 것, 다시는 돌아오지 않을 것, 오직 눈 감을 때에만 내게로 잠시 돌아왔다 다시 멀어지는 모든 것들이 한없이 그리워졌다. 내 것인 줄 알아차리기도 전에 상실해버린 그 모든 것들이.

나는 테이블 위에 잔해처럼 놓여 있는 홍합 껍데기들을 잠시 바라보다가 다시 창밖으로 눈을 돌렸다. 빗줄기는 이제 잦아들고, 거세던 바람 역시 마침내 조금씩 잔잔해지고 있었다. 그렇게 나는 한때는 칠성반점이었고 이제는 차이나향이 되어버린 식당에 앉아 한낮인데도 어두운 도시의 저편으로 헤드라이트를 켠 자동차 한 대가 미끄러지듯 달려가는 모습을 잠시 응시했다. 음식 맛이 끝내주는 이 식당만큼은 당분간 이 자리에 계속 불을 밝힌 채 있어주었으면 좋겠다고 생각하면서. 식당의 이름 따위야 무엇이든 간에.

참담한 빛

여자아이는 코끝에 닿을 듯한 달콤한 향기에 눈을 떴다. 눈을 뜨자 코앞 남자아이의 얼굴이 어둠에 잠겨 희미하게 보였다. 여자아이는 호기심 많은 강아지처럼 남자아이의 얼굴 가까이 코를 가져다 댔다. 달콤한 커피 향은 남자아이의 입에서 났다. 마지막으로 커피를 마신 적이 언제더라? 커피를 입에 대지 않은 지 벌써 여덟 달이 넘었다는 사실을, 그리고 앞으로도 한동안 더 마시지 못하리라는 것을 생각하자 조금 속이 상했다. 여자아이는 남자아이의 입술 위에 자신의 입술을 포갰다.

　"일어나봐, 지금이 몇 시인지 혹시 알아?"

　여자아이가 입술을 세게 누르는 바람에 남자아이가 놀란 듯 눈을 번쩍 떴다. 남자아이는 손을 뻗어 방바닥에 놓인 휴대전화를 집었다.

"세 시 이십칠 분."

남자아이가 잠에 취한 목소리로 말했다. 아직 오후 세 시 삼십 분밖에 되지 않았는데도 반지하 방은 해 질 녘처럼 어두웠다. 여자아이는 남자아이의 품에 파고들고 싶었지만 이미 부풀 대로 부풀어버린 배 때문에 좀처럼 다가갈 수가 없었다.

"일어나봐."

"왜?"

아침까지 야간 아르바이트를 한 터라 피곤한 남자아이가 눈을 비비며 물었다.

"꿈을 꿨어."

"꿈?"

"응."

깨자마자 꿈에 대해 남자아이에게 말하는 것은 여자아이의 커다란 기쁨이었으므로 여자아이는 이야기를 시작했다. 여자아이는 어려서부터 꿈속을 헤매다 깨면 낯선 행성에 불시착한 듯한 기분에 사로잡히곤 했고, 누군가에게 그 꿈을 들려주고 나야만 가까스로 현실에 닻을 내릴 수 있었다. 남자아이는 그녀의 이야기를 귀찮아하지 않고 들어주는 첫 번째 사람이었다. 그래서 여자아이는 언제나 그에게 꿈 이야기를 했다. 꿈속에서 만삭의 여자아이는 남자아이와 어떤 공원을 손잡고 함께 걸었다. 완연한 봄이었고, 공원에는 노란 수선화가 가득 피어 있었다. 끝이 보이지 않을 정도로. 완벽한 빛의 한가운데서, 청솔모를 발견한 여자아이가 "저거 봐!" 하며 남자아이를 끌어당겼다. 그것은 아름다운 꿈이었고, 틀림없이 누가 들어도 행복한 꿈이었기에 남자아이는 여자아이가 이야기를 마친 후 "무서워"라고 말했을 때 깜짝 놀랐다. "왜 무서워?" 여자아이를 이해하기 위해 홀로 곰곰이 생각해보았지만 답을 찾을 수 없었던 남자아이가 물었다. 여자아이는 답을 하지 않고 남자아이의 티셔츠 자락을 한동안 만지작거렸다.

"우리가 우리 아이를 잘 지켜낼 수 있을까?"

약간의 시간이 흐른 후 여자아이가 침묵을 깨고 물었다. 그제야 남자아이는 여자아이가 며칠 전 산부인과 대기실에서 있었던 일로 불안해하고 있다는 것을 알아챘다. 정기검진 때문에 갔던 산부인과에서 그들은 큰 병원의 신생아 중환자실에 아이가 이송되어 있다는 어떤 사내를 보았다. 그는 피로한 얼굴로 대기실에 앉아 누군가와 대화를 나누고 있었다. 아이의 조그마한 몸에는 인공호흡기와 링거가 매달려 있고 위관까지 꽂혀 있다고 했다. "가망이 있을까요?" 여자아이와 남자아이보다 스무 살은 많아 보이는 사내가 커다란 어깨를 늘어뜨린 채 소리 죽여 울었다. 아버지뻘 되는 남자들을 평생 증오하며 살아왔지만 남자아이는 어쩐지 사내의 어깨를 감싸며 위로해주고 싶었다. 함부로 동정해버린 것은 아닐까, 내게 일어난 일이 아니니 얼마나 다행이니 은밀히 생각하는 사람들처럼. 그런 사람들을 그렇게 싫어했는데 나 역시 그런 것은 아닐까 걱정하면서도 남자아이는 태어나 처음으로 관대한 사람이 될 수 있을 것 같았다. 그는 자기 아이에게만큼은 더할 나위 없이 좋은 세상을 줄 생각이었다.

"그토록 큰 사고가 났다는데도 전원 구조가 됐다잖아. 그러니까 우리 아이도 잘 클 수 있지, 당연히."

남자아이는 집 앞 분식점에서 본 뉴스를 떠올리며 말했다.

그곳에는 만삭의 어린 여자에게 차가운 시선을 던지지 않는 주인이 있었으므로 그들은 그 식당을 좋아했다. 그곳에서 그들은 김밥과 만두로 이른 점심을 먹으며 주인이 틀어둔 뉴스 속보를 보았다. 남자아이의 말에 여자아이가 고개를 끄덕였다.

"그건 그래. 기적 같은 일이었어, 그치?"

"응."

"여보야."

"응?"

"여보야는 그런 말 들어봤어?"

"무슨 말?"

"희망이 기적이라는 말."

"아니. 그런 말은 어디서 들었어?"

"나도 몰라. 근데, 어디선가 들었어. 희망이 기적이라고. 그리고 신神처럼 형체가 없지만 들불처럼 번져나가는 것이 희망이래. 근사한 말이지?"

여자아이의 말에 남자아이는 고개를 갸웃했다. 여자아이는 책도 많이 보고, 인터넷으로 동영상도 많이 봐서인지 남자아

이가 알아들을 수 없는 말들을 종종 했는데, 여자아이의 그런 면이 남자아이에게는 사랑스러웠다.

"우리 응응 한번만 할까?"

남자아이가 여자아이의 풍만해진 가슴을 만지작거리며 물었다.

"안 돼. 지금은 의사 선생님이 위험할 수 있다고 했단 말이야."

"잠깐도 안 될까?"

"절대 안 돼."

남자아이는 낙담한 얼굴이었지만 순한 너구리처럼 고개를 끄덕였다. 여자아이는 남자아이의 그런 순수함이 좋았다. 여자아이와 남자아이는 그냥 그렇게 마주 본 채 바닥에 누워 있었다. 선창 같은 조그만 창문으로 스치듯 들이치는 한 줌의 빛이 있어 그들은 가까스로 서로의 표정을 읽을 수 있었다.

"여보야."

"응?"

"근데, 아까 그 사고 어떻게 됐는지 한번 검색해봐. 구조된 아

이들이랑 엄마들이랑 만나는 장면 같은 거 동영상 있지 않을
까? 보고 싶어."

"보면서 또 울려고."

남자아이는 놀리듯 말하고는 몸을 빙그르 돌려 바닥에 배
를 깔고 엎드렸다. 그리고 손을 뻗어 휴대전화를 찾았다.

"검색했어?"

남자아이의 얼굴 위로 휴대전화 화면의 불빛이 어른거렸다.
기다리는 게 지루해진 여자아이가 휴대전화를 빼앗으려고 손
을 내밀었다. 남자아이는 몸을 홱 돌려 휴대전화를 저쪽으로
다시 밀어두었다.

"미안, 데이터를 다 써버렸나 봐."

"와이파이도 잡히는 게 없어?"

"응. 도통 안 잡히네."

"하긴 얼마 전부터 집주인네 와이파이에 암호가 생겼더라
구."

"응."

"우리가 몰래 쓰는 걸 눈치챈 게 틀림없어. 치사하게. 그치?

치사하지?"

"응. 치사하다."

여자아이가 등을 대고 누우며 재잘거렸다.

"여보야."

어둠 가운데 남자아이가 여자아이를 낮게 불렀다.

"응?"

웃으며 이야기하던 여자아이가 남자아이 쪽으로 고개를 돌렸다.

"내가, 배에 귀 대봐도 돼?"

"갑자기 왜?"

"그냥. 대봐도 돼?"

여자아이가 고개를 끄덕였다. 남자아이는 여자아이의 둥글게 부푼 배 위에 귀를 대고 아기가 움직이기를 기다렸다.

"여보야. 아까 뭐라고 그랬지?"

"뭐가?"

"희망이, 어쩌고 하던 말."

"희망이 기적이라는 말?"

"그리고 또."

"불처럼 번지는 게 희망이라는 말?"

남자아이가 여자아이의 배에 귀를 댄 채 어둠 속에 가만히 있었다. 어딘가 저 멀리서 파도 소리가 들려왔다.

아무 일도 없는 밤

병원은 도시 외곽에 위치해 있었다. 프로방스풍을 모방했다는 대규모 펜션 지구가 들어서면서 함께 세워진 병원이었다. 한때 들꽃과 풀이 무성하던 지대에 세워진 병원은 최신식 설비를 갖추었을 뿐 아니라 의료 서비스의 질도 높은 것으로 이름이 나 있었다. 똑같은 색깔의 지붕을 지닌 펜션들 사이 우뚝 솟은 병원에는 대부분 거동이 불편해진 노인 환자들이 입원해 있었다. 그날 밤, 전국적으로 며칠째 폭설이 내려 펜션의 지붕은 모두 눈에 뒤덮여 있었다. 그 지역을 개발하면서 바둑판 모양으로 닦은 도로 역시 하얗게 종적을 감추었다. 병원 앞 도로를 따라 늘어선 앙상한 메타세쿼이아 나무들 위에도 눈이 쌓였다. 빈 쓰레기통을 뒤져 목숨을 연장하던 길고양이마저 눈에 파묻혀 딱딱하게 굳어 있었다. 멀리서, 눈을 치우기 위해 제설차 두 대가 조등弔燈처럼 헤드라이트를 환히 밝힌 채 달려왔다. 온통 하얗게 덮인 그 지역에 병원은 흡사 무인도처럼 우뚝 서 있었다.

그녀는 병원에서 일 년 가까이 1인용 병실의 장기 입원 노인을 돌보고 있었다. 타국으로 건너와 환자들을 돌본 지 어느새 오 년차에 접어든 그녀는 이미 대부분의 일에 무심하고 무감하고 무념해져 있었다. 병원의 모든 사람들에게 그녀는 크기만 다를 뿐 동일하게 생긴 병실에서 일하는 많고 많은 간병인 중 하나였을 뿐이고 노인은 그녀에게 동일한 환자복을 입은 많고 많은 노인들 중 하나였을 뿐이었다. 그런 이유로 만약 눈이 내리지 않았더라면, 그래서 병원이 고립되지 않았더라면, 그녀에게 노인의 죽음은 그녀가 병원에서 일하며 목격한 수많은 죽음처럼 그냥 흔해빠진 사건이 되고 말았을 것이다. 그러나 하필 그해는 눈이 예외적으로 많이 쏟아졌다. 평범한 사건이 예외적인 사건이 되는 데는 역시 아주 사소한 차이가 필요할 뿐이다. 마치 사랑이 시작되는 원리가 그러한 것처럼.

"보호자들에게 연락하세요."

의사가 건조한 말투로 말했다. 12월 31일로 강설량이 최대치를 갱신한 날이었다. 눈이 귀한 남쪽 섬에조차 삼십구 년 만에 가장 많은 눈이 내렸다. 예년 같았으면 한 해가 가는 것이 아쉬운 사람들로 거리가 넘쳐났을 날이었지만 그해는 전국의 거리가 한산했다. 대목을 놓칠 것 같은 예감에 술집과 식당 주인들의 낯빛은 며칠째 어두웠다. 연이은 폭설로 전국적으로 교통이 통제되었다. 급한 업무가 있는 사람을 실은 차들만 느린 속도로 제설차가 낸 길을 따라 기어 다녔다. 의사는 노인의 입에 산소 호흡기를 달고는 무미건조한 톤으로 간호사들에게 몇 가지를 지시했다. 노인이 숨을 쉴 때마다 투명한 산소마스크 위로 김이 눈꽃처럼 어렸다가 사라졌다.

그녀는 분주한 간호사들과 의사의 한 발 뒤에서 노인을 바라보았다. 창밖으로 무심하게 눈이 내렸다. 각종 호스에 연결되어 있는 노인의 몸이 힘겹게 부풀어 올랐다가 꺼져 내렸다. 억지로 바람을 집어넣는 질긴 고무의 폐타이어처럼. 노인의 자식들이 제때 당도할 수 있을까, 그녀는 생각했다. 눈이 너무 많이 쌓여 있었다. 병원의 사람들은 노인들이 봐야 하는 사람들을 다 본 뒤에야 죽는다고들 했다. 그러나 모두가 다 그렇지는 않다는 것을 그녀는 알았다. 볼 사람들을 다 보지 않고, 그 누구도 기다리지 않고 죽어버리는 사람도 세상에는 분명히 존재했다.

노인이 위독하다는 소식을 먼저 들은 것은 노인의 두 딸 중 한 명이었다. 다른 딸의 전화에서는 해외 로밍을 알리는 멘트가 흘러나왔다. 연락이 닿은 딸은 소식을 듣자마자 곧 출발하겠다고 말하더니 울먹였다. 노인의 보호자가 오려면 한참이 남았고 점심 시간이 되었으므로 그녀는 식판을 챙겼다. 병원에서 누군가 죽는 것은 흔한 일이었다. 힘겹게 숨을 쉬는 노인을 옆에 두고 그녀는 텔레비전을 보며 밥과 국을 삼켰다. 국은 싱거웠고 밥은 질었다. 아침부터 밤까지 병원의 텔레비전 화면에서는 폭설로 인한 피해 지역의 모습을 보여주었다. 화면 속에서 눈사태로 인해 오도 가도 못하게 된 주민들이 플라스틱 삽으로 열심히 눈길을 내고 있었다. 소년 티를 벗지 못한 군인들이 대열을 맞춰 제설 작업을 하고자 차량에서 내렸다. 틀림없이 다급한 상황일 텐데도 음소거가 되어 있는 탓에 화면 속 풍경은 고요해 보였다. 그녀는 노인들의 규칙적인 숨소리, 의료기기가 내는 반복적인 소음에 무감해진 지 오래였다. 식판과 식판이 부딪치는 소리, 무엇인가 육중한 것을 끄는 바퀴 소리 같은 것을 제외하면 병원 안 역시 지나치게 고요했다.

그녀가 간이침대에 앉아 까무룩 잠이 들었는데 전화벨이 울렸다. 노인의 딸이었다. 노인의 상태가 어떠냐고 물었다. 눈 때문에 차가 꼼짝도 하지 못한다고도 말했다. 잠결에, 딸의 목소리가 다급하게 들렸다. 그녀는 아직 노인이 살아 있다고 느릿한 어조로 말했다. 전화를 끊고 나서 생각해보니 전화를 걸었던 사람이 노인의 큰딸인지 작은딸인지 헷갈렸다.

이윽고 음성 메시지를 들었는지 연말연시를 맞아 동남아에서 여행 중이라는 딸이 그녀에게 전화를 걸었다. 귀국행 비행기표를 서둘러 알아보고 있는데 눈 때문에 결항이 많다고 했다. "엄마는, 아직, 아직 살아 있죠?" 가끔씩 노인의 호흡이 일시적으로 멎을 때마다 산소호흡기와 연결된 기계에서 "삐"하는 경고음이 울렸다. 떠날까. 말까. 떠날까. 말까. 망설이는 사람처럼. 딸의 목소리는 급박했다. 노인의 발목을 붙잡고 있는 것은 무엇일까. 그녀는 궁금했다. 삶일까. 자식들일까. 두려움일까.

"조금만 기다려요. 곧 자식들이 올 테니까."

뜻밖에 그녀의 입에서 다정한 말이 흘러나왔다. 그녀는 조금 당황했다. 그녀와 노인은 다정한 말을 주고받는 사이가 아니었다. 아직 기력이 있었을 때 노인은 언제나 그녀에게 "아줌마"하며 소리쳤다. 그녀는 노인이 불러도 처음 한두 번 만에 일어서는 법이 없었다. 노인이 짜증 섞인 목소리로 "아줌마"하고 소리를 지를 때야 비로소 그녀는 아주 천천히, 간이침대에서 엉덩이를 떼고 일어섰다. 그것은 그녀가 노인에게 사소하게나마 복수를 하는 한 가지 방법이었다. 노인이 한 번 요구할 때는 들어주지 않는 것. 그러면 노인은 무섭게 일그러진 얼굴로 그녀를 향해 욕을 퍼부었다.

노인은 그녀의 이름을 몰랐다. 그것은 그녀도 마찬가지였다. 약을 타거나 엑스레이 검사 결과 같은 것을 받아 올 때마다 이름을 확인해야 했으므로 그녀가 노인의 이름을 아예 모르는 것은 아니었다. 그렇지만 그녀는 하루 중 대부분의 시간 동안 노인의 이름을 잊고 살았고, 기억할 필요도 없었다. 그녀는 노인이 젊었을 때 어떤 사람이었고, 언제 남편과 사별했고, 병원에 오기 전까지 누구와 함께 살았는지 아무런 관심이 없었다. 그것은 노인이 그녀가 어떤 사람이었고, 왜 이곳에 와서 일하며, 고향에서 그녀를 기다리는 사람은 누구인지 관심이 없는 것과 마찬가지였다. 그런 면에서 보면 그들의 관계는 공평했다. 노인에게는 그녀를 함부로 대할 경제력이 있었고, 그녀에게는 노인을 함부로 대할 체력이 있었다.

그런데 그날은 눈이 하염없이 내렸고 노인은 가족도 없이 홀로 누워 죽어갔다. 성질을 부리지도 않고, 욕을 하지도 않는 노인은 한 마리의 늙고 병든 순록처럼 누워 있었다. 그 탓일까. 그녀는 노인이 이왕 버틸 거라면 자식들이 올 때까지 조금만 더 살아 있으면 좋겠다고 생각했다. "아직, 아직, 살아 있죠?" 그들은 폭설에 저항해 달려오고 있을 것이다. 턱관절과 경추를 따라 근육이 딱딱하게 굳고 자줏빛 시반이 봄꽃처럼 피어

나기 전에 도착하기 위해서. 오로지 노인에게 마지막 인사를 전해야 한다는 열망만으로. 그녀는 수건에 물을 적셔 와서 노인의 얼굴을 문지르기 시작했다. 꼭 감은 두 눈에는 눈곱이 붙어 있었다.

"그 사람은 정말 갑자기 죽었어요."

노인의 눈곱을 닦아내며 그녀가 아주 조그만 목소리로 입을 열었다. 남편이 그렇게 떠난 이후 누구에게도 발설하지 않았던 이야기였다. 그녀의 삶에 노인이 관심을 가질 리는 만무했지만 어차피 노인은 더 이상 노인도 아니었다. 시간은 많았고 그녀에게 할 일이라고는 노인 곁에서 자식들이 오기를 기다리는 일뿐이었다. 자신의 삶에 대해 이야기한다고 해도 노인이 욕을 퍼부을 일은 더 이상 없을 거였다.

"협심증이 있긴 했지만 약도 항상 가지고 다녔고. 그렇게 죽으리라고는 아무도 상상 못했어요."

그녀가 계속 말했다.

"등산을 간다고 나갔대요. 근데 산꼭대기에 가기는커녕 버스 의자에 앉아 있다가 그렇게 팩 고꾸라졌대요."

노인은 말이 없었다.

"참 이상해요. 어떻게 사람이 그렇게 갑자기 죽어버릴 수 있었을까."

노인의 턱 밑의 늘어진 살이 물수건의 움직임을 따라서 덧없이 흔들렸다.

"그때 나는 고향에 있었는데 그 사람이 너무 갑자기 죽어서 마지막을 보러 오지도 못했어요."

그녀는 이제 턱선을 따라 내려와 목과 귓바퀴를 닦기 시작했다.

"그러고 보면 할머니는 참 오래 사는 거예요. 내 말이 서운할 수도 있겠지만 진짜 오래 사는 거예요."

그녀가 덧붙였다.

"……자식들이 힘들었겠어요."

사실 그녀는 남편이 아니라 그의 친구를 오랫동안 좋아했다. 그는 오래전 그녀가 일하던 철로 부품 공장의 주임이었다.

"그 사람은 정부 정책 때문에 공장에 취직했던 사람이었는데 다른 직원들하고 달리 어려운 책도 읽었고 낯선 나라 악기를 연주할 줄도 알았어요."

노인의 듬성듬성한 머리카락에 물수건이 닿자 노인은 귀찮기라도 한 듯이 얼굴을 조금 찡그렸다.

단발머리였던 그녀는 주임 앞에서는 언제나 수줍게 머리를 귀 뒤로 넘겼다. 주임의 농담에 그녀의 방심한 두 뺨은 성급히 달아올랐다. 그들은 네 시에 공장 업무를 마치면 함께 자전거를 타고 퇴근했다. 그러나 그에게는 약혼녀가 있었고, 주임은 그녀에게 지금의 남편을 소개시켜주었다. "둘이 잘 어울릴 것 같아." 하지만 그녀와 남편 사이에는 별다른 공통점이 없었다. 둘은 그저 혼기가 찼기 때문에 혼인을 했다. 그렇게라도 해서 첫사랑과의 인연을 유지하고 싶었던 마음이 있었던 것이 아닐까 그녀는 훗날 종종 자문했다. 물론 그것에 대해서는 아무에게도 이야기하지 않았다.

누군가 다가오는 발소리가 들렸다. 노인의 자식들인 줄 알았는데 간호사였다. 간호사는 노인의 상태를 살피고 수치들을 기록하더니 그녀에게 아무런 말도 건네지 않고 병실 밖으로 나갔다. 수납계의 말단 직원이 커다란 난초 화분을 하나 들고 복도를 힘겹게 걸어가는 모습이 열어놓은 문을 통해 보였다.

그녀는 노인의 윗옷을 들춰 올렸다. 이미 브래지어 따위는 하지 않은 지 오래라 환자복 아래 늘어진 유방이 바로 드러났다. 그녀는 물수건으로 노인의 유방과 겨드랑이를 닦았다. 그녀는 노인의 쪼그라든 왼쪽 유방 위에 반점이 있다는 사실을 일 년 만에 처음으로 알았다.

노인의 가족들은 여전히 도착하지 않았다. 그녀는 허리를 펴고 창가에 서서 밖을 가만히 내다보았다. 서양식 집 모양 건물 위로 눈이 자꾸만 쌓였다. 제설차가 덧없이 도로의 이쪽과 저쪽을 오갔다. 나뭇가지 위에 쌓였던 눈 더미가 바람에 후두둑 떨어졌다. 그녀는 유리창에 이마를 슬며시 대보았다. 유리창에 기댄 그녀의 뒷모습은 멸종 위기의 바다표범 같아 보였다. 지나친 난방 탓에 병실은 몹시 덥고 공기가 탁했다. 그녀가 살던 고향의 겨울은 춥고 매서웠다. 봄이라는 글자가 들어가는 그녀의 고향은 봄이 길어서가 아니라, 봄이 짧은 것이 아쉬워 그런 이름을 가진 거라고 사람들이 말했다. 봄은 그녀의 남편 이름에 들어 있는 글자기도 했다. 오래전 이곳이 기회의 땅이라고 일컬어졌을 때, 그는 고향에 그녀와 딸을 두고 먼저 이 나라에 왔었다. 그는 식당에서 오랫동안 생선 껍질을 벗겼고 홍콩 자본을 유치해 건설했다는 초고층 빌딩을 도심에 지었다. 남편은 이 나라에서 불법체류자로 꽤 오랜 시간을 버텼다. 그가 그토록 갑작스럽게 죽으리라고는 누구도 예상할 수 없었다.

그녀는 창문에 비친 노인을 바라보았다. 노인의 앙상한 발이 이불 시트 아래로 반쯤 드러나 있었다. 그 사람도 이렇게 죽었겠지. 그렇게 생각하자 그녀는 갑자기 무서워졌다. 사람들은 예외 없이 누구나 똑같은 방식으로 죽어갔다. 그녀와 남편의 사이가 각별했던 것은 아니었다. 그들은 그다지 다정하지는 않지만 사이가 나쁘지도 않은 부부로 천천히 늙어갔다. 그녀의 고향은 그만큼 천천히 쇠락했다. 시장이 개방되고, 사람들은 모두 일확천금을 꿈꾸며 어딘가로 사라졌다.

"그 사람이 어느 날 더 늦기 전에 목돈을 벌어야겠다며 떠나겠다고 말하더라고요."

그때 그녀는 묘한 안도감을 느꼈다.

"그 사람이 갑자기 죽어버렸다는 소식을 전화로 전해 듣는데 그날 생각이 나대요."

그리고 이번에는 안도감이 아니라 죄책감을 느꼈다.

전화벨이 울렸다.

"국도에 사중 추돌 사고가 났어요."

또다시 전화를 한 딸은 울먹였다.

밤이 깊어졌다.

"아무래도 오늘은 아무도 못 오나 봐요."

전화를 끊으며 그녀는 노인을 향해 말했다. 열린 병실 문 밖에서 똑같은 환자복을 입은 노인들이 휠체어를 탄 채 복도의 이쪽과 저쪽을 느리게 오가는 모습이 보였다. 마치 열대어 떼처럼. 호흡기를 낀 노인이 숨을 힘겹게 몰아쉬었다. 그녀는 노인을 보았다. 아니, 환자복 소매에 찍힌 마름모꼴 병원 로고의 심상한 연쇄를. 링거를 꽂고 있는 노인의 손등 위로 솟은 푸른 실핏줄을. 그녀는 허기가 져 병실에 비치된 냉장고를 뒤지다가 누군가 사놓은 딸기를 찾았다. 향긋했던 딸기는 뭉개지고 짓물러 있었다. 단지 시간이 흘렀다는 이유만으로. 그녀는 딸기의 뭉개진 부분들을 과도로 도려내고, 얼마 남지 않은 과육을 입 속에 허겁지겁 집어넣었다. 딸기가 달았다. 히터를 세게 튼 병 원은 창밖의 세계와 완벽히 단절된 듯이 비현실적이었다.

"오늘 밤은 죽지 말아요."

그녀가 노인에게 말했다.

"오늘 밤은 사라지지 말아요."

다른 계界로 건너오라 재촉하는 유령처럼 눈송이가 또다시 유리창을 두드렸다. 마음을 어수선하게 하는 것이 어둠인지 죽 음인지, 아니면 삶인지 그녀는 알 수 없었다. 아무도 살지 않는 겨울의 펜션은 모두 불이 꺼져 있었다. 처음 병원에 왔을 때, 그녀의 눈에는 병원 근처에 서 있는 똑같은 모양으로 생긴 벽 돌집들이 무척 신기했다. 서양 그림 속 집들과 참 똑같구나 하 고 그녀는 생각했다. 눈이 쌓인 풍경은 지나칠 정도로 고즈넉 하고 따뜻해 보였다. 얼마 전 교회 사람들이 주고 간 성탄절 카 드 속에도 이런 풍경이 담겨 있었다. 카드 속 축복의 메시지는 누구에게나 보낼 수 있도록 평범한 문구를 복사해 붙인 것이었고, 그래서 카드를 전해 받은 사람은 누구나 개별성을 상실하고 마는 그런 종류의 카드였지만. 묵은 것을 보내고 새것을 맞이한다고 했던가. 누구나 과거를 뒤로하고 다가올 미래를 기대하는 밤. 실패보다는 희망을 말하는 밤. 누군가에게는 과오를 덮어줄 축복처럼, 위로처럼 눈송이가 내리는 밤, 그녀는 숨이 가까스로 붙어 있는 노인 옆에 간이침대를 놓고 누웠다. 그리고 어쩌면 노인이 자식들을 보지 못한 채 죽을지도 모른다는 사실에 대해서 생각했다. 자신이 노인의 마지막 순간까지 곁에 있어주는 유일한 사람이라면 그녀는 노인이 혼자 버려졌다는 기분을 느끼지 않으며 떠날 수 있게 해주고 싶었다.

"나 여기 있어요."

그녀는 노인이 어둠 속에서도 자신의 존재를 느낄 수 있도록 노인을 향해 이야기하기 시작했다. 노인이 좋았던 추억을 떠올릴 수 있게 해주고 싶었지만 그녀는 노인에 대해서 아는 것이 너무 없었다. 그녀는 하는 수 없이 자신의 인생에서 즐거웠던 일을 떠올려보려 애썼다. 한참을 노력한 끝에 딱 하나, 그녀는 행복했던 기억을 딱 하나 찾아낼 수 있었다. 그것은 아직 딸을 낳기 전 어느 여름밤의 기억이었다. 정말 지독하게 더운 날이었다. 그녀와 남편은 입맛이 없어 저녁을 일찍 먹고 광장에 나갔다. 광장은 운동을 하거나 춤추는 사람들로 언제나 가득했다. 그날 밤, 그녀와 남편은 처음으로 함께 춤을 추었다. 광장을 메우던 음악 소리, 웃음소리 따위의 기억이 향긋하게 피어올랐다.

"아주 더운 여름날이었어요."

노인은 거친 숨을 몰아쉬고, 여자는 다시 이야기를 이었다. 이야기 속에서 오래전의 그날처럼 그녀는 남편과 광장에서 춤을 추었다. 남편의 손은 아주 서툴고 투박하게 그녀의 허리를 감싼다. 불분명한 기억 속이라 무엇이었는지는 잊었지만 분명히 그곳에 흐르고 있었을 음악 소리에 맞춰 그들은 춤을 춘다. 하나, 둘, 셋, 하나, 둘, 셋. 그때 그들이 추었던 것이 왈츠였을 리는 없는데도 그녀의 기억 속에서 그들은 하나, 둘, 셋, 하나, 둘, 셋, 4분의 3박자에 맞춰서 춤을 춘다. 그리고 남편의 어깨 너머에서 사라지는 장밋빛 붉고 붉은 석양.

그녀가 이야기를 하는 동안 어딘가의 지붕 아래서 노인들은

아기같이 울음을 터뜨리며 숨을 거두고, 노인 같은 얼굴의 아기들은 자궁 밖으로 고개를 내밀었다.

누군가의 발소리가 병실 가까이 다가올 때마다 그녀는 노인의 자식들은 아닐까 귀 기울이며 잠시 이야기를 멈추었다가, 이야기를 다시 이어나갔다. 그날 밤 그 병실에는 분명 무슨 일이 일어났지만, 사실 아무런 일도 일어나지 않았다.

눈이 내렸다.